Anna Kordsaia-Samadaschwili
Ich, Margarita

Anna Kordsaia-Samadaschwili (*1968) lebt als Autorin, Übersetzerin und Kulturjournalistin meist in Tbilissi. Ihre ausdrucksstarken und emotionalen Erzählungen und Kurzgeschichten über Männer und Frauen, Liebe und Hass, Sex und Enttäuschung sind leicht überspannt und ein wenig zynisch. Für ihre Erzählungen und Romane wurde sie mit verschiedenen georgischen Literaturpreisen, für die Übersetzung von Elfriede Jelineks »Liebhaberinnen« aus dem Deutschen ins Georgische vom Goethe-Institut Tbilissi ausgezeichnet.

Anna Kordsaia-Samadaschwili

Ich, Margarita

Aus dem Georgischen von
Sybilla Heize

Verlag Hans Schiler

Bibliographische Information der Deutschen Bibliothek
Die Deutsche Bibliothek verzeichnet diese Publikation
in der Deutschen Nationalbibliographie;
detaillierte bibliographische Daten sind im Internet
über *http://dnb.ddb.de* abrufbar.

This translation has been published with the financial support of
Ministry of Culture and Monument Protection of Georgia and
Program in Support of Georgian Book and Literature.

MINISTRY OF CULTURE
AND MONUMENT PROTECTION
OF GEORGIA

Originaltitel: *Me, Margarita*
Erstveröffentlichung durch Bakur Sulakauri Publishing, 2005
© Bakur Sulakauri Publishing, 2005

*Dieses Werk wurde vermittelt durch Rachel Gratzfeld,
Agentin für georgische Literatur, Zürich.*

Alle Rechte vorbehalten – All rights reserved

© 2013 der deutschen Ausgabe
Verlag Hans Schiler, Berlin/Tübingen
1. Auflage 2014
Redaktion: textintegration.de
Umschlag: Tim Mücke
Umschlagfoto: *Olivia fait la roue XIV* © Cédric Piccino (Paris)
Berlin, Bernauer Straße, August 2013, vor dem temporären
Wandgemälde *Wir sind die Nacht* © Winston Torr (winstontorr.com)
Printed in Hungary

ISBN 978-3-89930-408-4

Der Herbst und der nette Mann

Der Tag geht, die Nerverei bleibt.
ARMENISCHES SPRICHWORT

Am Abend zuvor war ich spät heimgekommen. Die Metro war schon geschlossen gewesen, dann hatte ich den Fluss mit dem Kanal verwechselt und mich im jüdischen Viertel wiedergefunden, wo ich nichts zu suchen hatte; dann war plötzlich der Trageriemen meiner Tasche gerissen und die Schulter tat mir weh, ich war genervt, durchnässt und überhaupt, ich bin ein kleines Mädchen jenseits der Dreißig und sowas ist einfach zuviel für mich. Als mich am Morgen das Telefonklingeln weckte, stürzte ich wie eine Wilde in den Korridor, warum, weiß kein Mensch, in diesem Haus würde mich sowieso keiner anrufen, vielleicht wollte ich das Ding auch einfach nur zerlegen und wegschmeißen. Tja, und so begann alles.

Im Flur, splitternackt, stand Nikoliko, oder Nikol oder Niki oder Nikiphorus. Ich erklär das gleich: Nikol ist Feministin, zumindest hält sie sich selbst für eine, aber wenn ihr mich fragt, ist sie einfach nur bekloppt, und sie zog deshalb Nikol dem Namen Niki vor, weil sie ihn wohl geschlechtsneutraler und cooler fand. Ich meinerseits bin Georgierin und deshalb bevorzuge ich das zärtlich-niedliche Nikoliko, und nur, wenn sie mich wütend macht – was oft der Fall ist – nenne ich sie Nikophorus, das Schnuckelchen.

Es war Ende November, die Heizung stellten wir aber prinzipiell nicht an, warum, weiß kein Mensch, deswegen war es im Korridor kalt, mächtig kalt.

Nikoliko unterhielt sich mit ihrer Nachwuchsjongleurin, genauer gesagt, sie palaverte, und zwar so laut, dass ich mitbekommen musste, dass sie einen üblen Traum gehabt habe und außerdem sowieso alles schlecht sei. Ich überlegte, ob ich der Armen nicht eine Jacke holen sollte, aber dann fand ich, dass sie genauso gut selbst rankommen würde und latschte wieder rüber zum Schlafen.

Klar, dass ich erneut aus dem Schlaf gerissen wurde. Diesmal war Nikophorus beim Streiten zu hören: Offenbar hatte man ihr Handy abgeschaltet ... aaahhh! Na prima. Sie saß zusammen mit ihrem Typen in der Küche, er – wie für den Sarg zurechtgemacht – im weißen Hemd, eigens von meinen goldenen Händen gebügelt, sie splitternackt.

Kennt ihr den Unterschied zwischen nackt und splitternackt? Nackt ist gut, splitternackt ist peinlich. Splitternackte schlendern in den bunten Thermen herum oder im Irrenhaus, oder sie sitzen in der kalten Küche und trinken Kaffee, zusammen mit zwei vollständig bekleideten Leuten. Der Splitternackten ist kalt, sie ist blaugefroren und versucht, sich die Fußsohlen an den Unterschenkeln warmzureiben, und ihre Gegenwart ist völlig unerotisch.

Als der bedauernswerte Typ seinen Kaffee ausgeschlürft hatte – zu mehr war er sowieso nicht nütze – und sich auf den Weg machte, um Brücken zu fotografieren (eine großartige Arbeit, bei Gott, besonders auf nüchternen Magen und im matschigen Schnee), sagte ich zu Nikoliko: Schluss mit der Erotikshow, zieh dich an, ich krieg bei deinem bloßen Anblick schon Blasenentzündung. Nikoliko erklärte mir stolz, dass das mit Erotik doch gar nichts zu tun habe, dass sie sich gar keine Sorgen mache, welche Gefühle der Anblick ihres Körpers bei irgendeinem dreckigen Mannsbild wecken könne, und überhaupt (crescendo), wer das nicht möge, der könne doch aus ihrem Haus verschwinden, schließlich bezahle sie die Miete, und dass alle Männer Blödmänner seien und, wie es scheint, auch manche Frauen, weil ich (ihr vor Kälte und Wut zitternder Finger zeigte auf mich) überhaupt keinen Schimmer von Genderphilosophie und dem Ruf ihrer Seele hätte (ihr nackter Fuß stieß an den Stuhl, das tat ihr offenbar weh und sie beruhigte sich).

Nikoliko zerdrückte dann noch ein paar Tränchen, verschwand in ihrem Zimmer, um kurz darauf bekleidet zurückzukommen, sogar dicke Wollsocken hatte sie mir zuliebe angezogen, und eröffnete mir, dass sie sich selbst nicht leiden könne, ja regelrecht (crescendo) voller Selbsthass sei und ihr diese idiotische Psychologin deshalb geraten habe, nackt herumzulaufen, aber nun würde sie frieren und sich trotzdem noch hassen! Und dann wurde ihr auch noch das Handy abgeschaltet!

Ich ging eine Stunde früher aus dem Haus und sah den kräftigen Kerlen beim Joggen am Flussufer zu. Ich rauchte eine halbe Schachtel zur Beruhigung, kriegte Hunger, verschlang einen Brotfladen und ging schweren Herzens und mit schwerem Magen zur Gesellschaft für Literatur, in der Hoffnung, dass sie mir dort Arbeit verschaffen würden, sobald sie nur meinen großen Intellekt, meine altehrwürdigen Wurzeln und meinen reinen Geist erkennen würden.

In jenem guten Land, glaube ich, ist es immer düster. Dann wurde es dunkler, dann kam die Nacht. Zum Treffen mit Frank war ich spät dran. Ich war hungrig gewesen und hatte mir auf dem Weg noch einen Brotfladen gekauft. Ich kann aber nun mal beim Laufen schlecht kauen. Frank ist richtig süß, er bewirtet mich jeden Abend, es gibt aber nichts zu essen, sondern nur etwas zu trinken. Er verausgabt sich für mich, ist alles andere als ein Geizkragen, aber offenbar glaubt er, dass ich niemals esse. Beim ersten oder zweiten Mal hatte ich auf hohlen Magen getrunken und war derart besoffen, dass ich zuerst im kurdischen Restaurant zu »Aicha« tanzte und dann am Flussufer den Gopak. Frank ist von sowas immer wahnsinnig gerührt und freut sich dran, aber mir ist das einfach nur peinlich.

Frank gefällt es, mich jedes Mal zu Fuß zu begleiten, mir gefällt das nicht so. Aber was solls, in zwanzig Minuten bin ich zuhause. Vor der Haustür trafen wir Nikolikos Nachwuchsjongleurin und Margo, die seit einer Weile verzweifelt klingelten, denn Niki machte nicht auf. Aufgeregt erzählten sie mir, sie hätten sich vor einer halben Stunde bei ihr angekündigt und sie, sie mache einfach nicht auf! Sie hat sich umgebracht, schlussfolgerte die Jongleurin.

Ich schloss die Tür auf, und weil Frank ein netter Mensch ist – obwohl er aus Neugier ausspioniert hatte, wo ich wohne und warum –, nahmen wir ihn mit nach oben. Schließlich war ich nicht gerade scharf drauf, den Anblick der erhängten Nikoli allein ertragen zu müssen. Wie eine Wahnsinnige rannte ich die Treppe hoch.

Wir sahen die Wohnungstür offen stehen und die Jongleurin sagte, nie und nimmer könne sie da reingehen. Margo blieb zur Beruhigung bei ihr, und so gingen Frank und ich hinein, mutig und selbstlos.

Nikophorus stand am Kassettenspieler, weil die Schnur der Kopfhörer zu kurz war, hatte sie sich direkt davor gestellt, und wackelte mit dem Po. In diesen Hintern trat ich so, wie sie es wahrscheinlich noch nie erlebt hatte, und ich machte dabei ein dermaßen tierisches Gesicht, dass sie nicht mal mit mir schimpfte. Die Bedauernswerte erklärte mir, dass laute Musik nach elf verboten sei, ihr aber nach Tanzen zumute gewesen und sie habe die Wohnungstür offen gelassen, damit die Freundinnen hereinkommen könnten, nur die Haustür habe sie vergessen. Nikoli tat das sehr leid.

Das Jongliermädchen machte irgendwie ein enttäuschtes Gesicht. Sie hatte wohl an der Selbstmordidee Gefallen gefunden, warum auch immer. Sie selbst war ziemlich wohlhabend, ihr Großvater hatte sich während des Zweiten Weltkrieges an den Juden bereichert, indem er sie in die Schweiz schickte und ihren Besitz aufbewahrte. Sie fuhren auf gut Glück los, und entweder schafften sie es oder nicht. Offenbar quälte den lieben Großvater aber doch irgendwann das schlechte Gewissen und er erhängte sich im Zentralpark. Gleich nach dem Großväterchen brachte sich die Großmutter um – nicht seine Frau, sondern die zweite Großmutter, keine Ahnung, was ihr Problem war, dann der Vater, dann der Bruder. Die Mutter kriegte es nicht hin, die starb einfach an Krebs und war damit das schwarze Schaf der Familie. Die Jongleurin versuchte, die ehrwürdige Tradition fortzusetzen, aber es fiel ihr schwer, zumal sie jung, schön, reich und intelligent war – so viele Dinge, die ihr ins Glück hineinpfuschten!

Als ich sie kennenlernte, erzählte sie mir, dass ihr derzeitiger Geliebter zwar ein guter Junge sei, aber kein richtiger Kerl, im Gegensatz zu ihrem Jan, oh, Jan ... Den habt ihr nicht gesehen, ich aber schon, und hab auch Bier mit diesem Vieh getrunken: dreckige Fingernägel, fettiges Haar, er bohrte mit dem Finger in der Nase und plapperte mit einem scheußlichen Akzent was von »Madame Bovary«, dieser Vierte-Klasse-Abgänger! Aber offenbar scheint der Sex mit dem niveaulosen Typen unbezahlbar zu sein: Schau mal, hier, sprach die Jongleurin und entblößte ihre Brust, überall Kratzer! Mir wurde ein bisschen übel.

Jetzt seufzte die Frau leise in der Küche. Frank suchte im Kühlschrank vergeblich nach was Trinkbarem und zog los, um etwas bei den Türken zu besorgen.

Niki ging auf und ab und murmelte, sie sei unwert, hässlich, dumm und der Abschaum schlechthin. Zu ihrer Verteidigung ließ sie verlauten, immerhin ginge es ihr noch gut, obwohl sie in dieser Familie aufgewachsen sei, alles sei die Schuld *ihres* blöden, oh, des *blödesten* aller blöden Großväter, er habe es nicht mal verdient, zweimal begraben zu werden, geschweige denn einmal, wegschmeißen hätte man ihn sollen, der Teufel soll ihn holen.

Ich, dumm wie ich war, dachte, ich könnte die Situation entschärfen und fragte grinsend, wieso denn zweimal begraben? Echt bescheuert. Nikoliko jammerte los, für die armen Nachbarn wäre es viel besser, laute Musik hören zu müssen ... Die Jongleurin funkelte mit den Augen, und da viel mir das Wort ein – nekrophil.

Der Großvater, ehrenhafter Katholik, Arzt und Hoffnung der Nation, hatte damals bereits Familie, als er sich in Nikis Großmutter verliebte, ihrerseits strenggläubig und mit hohen Moralvorstellungen. Das Resultat dieser erhebenden Liebe war Nikis Mutter, die ich gut kenne, sie ist dumm und egoistisch. Das Mädchen versteckten sie im allerletzten Winkel der Provinz, damit der makellose Ruf des Arztes nicht befleckt werde und auch der Frau nichts anhaftete. Die Frau war halt sehr gläubig, sonst wäre es ja ein Leichtes gewesen das Kind abzutreiben?! Aber nein, sie nahm dem Mädchen nicht das Leben und überhaupt war sie eine sooo aufmerksame Mutter, schickte zu Weihnachten sogar Geschenke: Teddys, Schleifen, Puppen, Bonbons, kurz alles, was kleine Mädchen brauchen. Dann starb der Vater des Mädchens – ich wiederhole es gern: Der Teufel soll ihn holen! – und wurde begraben, wie es sich für einen guten Katholiken gehört. Man versenkte ihn im Boden, begrub ihn, bewarf ihn mit Erde. War's das? Nein. Seine Geliebte, die ja ebenfalls gottesfürchtig war, gab dem Pfarrer und dem Totengräber Schmiergeld. Der

Mann wurde wieder ausgegraben und in der Kirche aufgebahrt, die Geliebte weinte um ihn und ließ ihn nochmals begraben. So war's. Damit war das erledigt.

Der zum Finale der Geschichte zurückgekommene Frank hatte Bier mitgebracht. Mein guter, gesunder, großer, zu einem Viertel persischer Frank! Ich dachte, scheiß drauf, diesmal gehe ich mit ihm mit, kaufe Tequila und wir trinken so viel, dass ich die Erinnerung an »Aicha« und das Ganze hinter mir lasse. Frank hat wunderschöne Katzen und im Kühlschrank liegen sogar Tomaten ... beruhigend, denn jetzt habe ich Hunger.

Frank hatte sich der Belustigung von Frauen verschrieben, er ließ mich nicht versauern. Komm, sagte er, wir gehen in die Disco. Margo meinte, wie kommst du jetzt auf Disco, wir hatten absoluten Stress und brauchen jetzt Dunkelheit und Ruhe. Die Jongleurin schaute Frank an, als wäre er ein Dreckschwein, das nichts verstanden hat; Nikoliko sagte, dass sie mein Leben verdorben habe und sich das niemals verzeihen wird, niemals! Hepp, da, noch eine Bierbüchse. Niemals! Frank wurde wütend und machte Niko mit seiner bezaubernden Stimme klar, sie solle sich zusammenreißen, sonst würde er sie aus dem Fenster schmeißen. Niki, irre wie sie war, reagierte völlig unpassend: Sie beruhigte sich. Mein Engel Frank war inzwischen ins Interesse der Jongleurin gerückt. Mein Sonnenschein, mein Sonnenschein Frank!

Während die Mädchen schon in der Tür standen, erzählte Frank eine Geschichte von zwei armen Studenten, die sich ineinander verliebt hatten. Die beiden heirateten, bekamen eine Tochter, ihr Glück kannte keine Grenzen. Die Eltern schickten den glücklichen jungen Leuten Geld für einen Kinderwagen. Diese ließen das Kind bei der netten alten Nachbarin, schwangen sich aufs Motorrad, sausten los, prallten gleich in der ersten Kurve mit einem Lastwagen zusammen und starben. Das kleine Waisenkind wuchs auf, wurde zur Frau, lernte Frank kennen, verliebte sich, und nach zufriedenstellendem Sex (die Augen meines Engels leuchteten auf) reizte sie ihren Geliebten so bis aufs Blut, dass dieser sie aus dem Fenster warf, aus dem vierten Stock. Du kennst doch mein Haus, wandte er sich an mich.

»Und?« fragte die Jongleurin, ihre Stimme zitterte vor Freude. »War sie tot?«

»Nein, sie hat es überlebt. Vor Gericht hat sie ausgesagt, sie sei von selber gesprungen.«

»Sie muss dich sehr geliebt haben ...«

»Nein, sie wusste einfach, dass ich sie sonst umbringen würde.«

Die Mädchen gingen. In jener Nacht schliefen Nikoliko und ich gemeinsam auf einer Liege. Niki weinte die ganze Nacht und sagte, dass sie ein Unmensch sei. Frank fühlte sich in meinem Bett sehr wohl und schlummerte süß, und am nächsten Morgen bot er Niki an, zu unserem traditionellen Abendessen mitzukommen. Niki wird die Einladung nicht annehmen, aber ich geh hin. Was soll ich auch sonst machen, wenn es dunkel wird.

Tbilissi. November. Das Jahr 2004

2. 11. 2004
Ich bin angekommen. Man hat mich nicht völlig belogen, es ist nicht kalt, aber irgendwie gar kein Wetter. Nun ja, unseres ist auch nicht gerade der Rede wert. Ich warte einfach auf anderes.

In diesem neuen Heft werde ich dich nicht erwähnen – Schluss. Jedenfalls nicht, solange ich in Georgien bin. Dann werden wir weitersehen. Kann sein, dass ich das Schreiben dann überhaupt nicht mehr brauche und dir einfach alles geradeheraus ins Gesicht sage. Und sowieso, wenn ich dir das alles vorher gesagt hätte, was hätte ich zu verlieren gehabt, keine Ahnung. Nun, wie gesagt, versuche ich es jetzt wenigstens. Falls ich dich trotzdem erwähnt haben sollte, kann ich dann immer noch die Seite nehmen und rausreißen, wer wird das merken?

Hier, im Haus, in dem ich wohne, gibt es eine Frau, ich weiß nicht genau, wer sie ist, vielleicht die Hausverwalterin oder auch eine Bewohnerin, wie gesagt, ich habe keine Ahnung. Weder spricht sie eine Sprache, die ich verstehe, noch umgekehrt. Sie kam ohne anzuklopfen in mein Zimmer gestürmt und sagte: »Pardon.« Ich lächelte sie an und dachte, sie hat zufällig eine falsche Tür geöffnet. Ungefähr drei Minuten später kam sie nochmal rein, erneut ohne anzuklopfen, und hatte einen kleinen Jungen dabei. Der Junge übersetzte mir, ich würde meine erste Nacht unter diesem Dach verbringen und wenn ich das unter mein Kissen täte und daran denke, ginge mir ein Wunsch in Erfüllung. Was ich mir drunter legen solle, fragte ich. Schau, das hier, und er nahm der Frau einen kleinen Teller aus der Hand. Ich begriff nichts, die Frau lächelte mich an –

sie hatte wirklich herrliche, gesunde Zähne, mit denen könnte sie mich im Ernstfall in die Hand beißen – und sagte zu mir: »Magie, Magie!« und noch irgendetwas, und der Junge übersetzte: »Gute Magie.«

Jetzt weiß ich nicht, was ich mit dem Teller anfangen soll. Ob gut oder böse, Magie ist Magie, oder nicht? Auch die Frau konnte ich nicht einordnen, ist sie schön, ist sie hässlich, mag ich sie, mag ich sie nicht – irgendwas Magieähnliches existiert sicher, sonst würde ich über einen kleinen Teller kaum soviel schreiben.

Woran soll ich denken, damit es in Erfüllung geht, an die Ausstellung oder was? Ich hab mich entschieden, nicht mal an dich zu denken und gar nichts zu schreiben.

Nun, woran soll ich denken?

3. 11. 2004
Hoffentlich war es nicht das Verdienst des Tellers, aber zumindest ging es in Erfüllung: Die Sonne strahlte.

Gleich am frühen Morgen fing draußen jemand an herumzuschreien, später erfuhr ich, das sei der Joghurtverkäufer. In diesem Viertel sind alle nur am Schreien, es gibt viele Verkäufer und viele Bäder: hügelartige Kuppeln, Teppiche, und ein bisschen weiter laufen die Orthodoxen herum, bärtige Männer und verschleierte Frauen, dort sind nämlich unzählige Kirchen auf einem Fleck. Galerien und eine Karawanserei für unsere Ausstellung gibt es hier auch, aber der orthodoxen Seele geht es um viel mehr. Ich mag diese bärtigen Männer und verschleierten Frauen nicht besonders, die Männer schauen mich direkt an, die Frauen überhaupt nicht, ich bin ihnen sicher auch etwas suspekt.

Der erfüllte Wunsch des Tellers hielt nicht gar so lange. Es wurde kühl und der Abend dämmerte beizeiten, vor zwei Tagen war die Uhr vorgestellt worden. Warum, das verstand weder ich noch jemand von meinen einheimischen Bekannten.

Das Essen ist lecker, nur sind so viele Nüsse und Kräuter drin, dass mir die Galle schwänzelt. Ich hab schon mindestens den dritten Chatschapuri verdrückt. Die essen hier immer Chatschapuri, Käsebrot, einzig die Art der Zubereitung ist unterschiedlich.

Heute war auf der Hauptstraße in der großen Galerie eine Fotoausstellung, man sagte mir, von irgendwelchen Briten, aber in Wirklichkeit hingen da Fotos von einem Georgier, einem Armenier und einem Aserbaidschaner. Es drängten sich sehr viele Leute, sah ich mir statt der Fotos eben Menschen an. Macht nichts, morgen oder übermorgen kann ich ja noch mal hingehen und schauen, was den Leuten dort gefallen hat.

Jetzt nimmt mich Vato mit zu irgendwelchen Artisten, wahrscheinlich werde ich erst spät zurückkommen, deshalb schreibe ich jetzt, was ich zu schreiben habe.

Der Teller ist weg, und die Frau habe ich auch nicht mehr gesehen. So, diese Nacht ist die zweite, die ich hier verbringe, die Magie erweist sich als sinnlos kurzlebig.

4. 11. 2004
Ein sehr schwerer Wein. Vom Geschmack her war er zwar gut, aber morgens platzte mir fast der Kopf. Auf die Fotoausstellung habe ich es echt nicht mehr geschafft. Selbst jetzt bin ich noch nicht richtig munter und denke selbst an meine eigene Ausstellung nicht mehr.

Vato ist trotzdem bei Kräften. Als ich ihm sagte, ich hätte mich heute früh zum Sterben gefühlt und die Frau habe mir Grappa eingeflößt, fing er an zu lachen.

Die Frau war natürlich erneut ohne anzuklopfen reingekommen, hatte mich angeschaut, gelächelt und war wieder rausgegangen. Dann brachte der kleine Junge ein Glas eklig süßen Kaffee und irgendeine scharf riechende, trübe Flüssigkeit in einem riesigen Trinkglas aus Kristall. Das ist Grappa, sagte der Junge und wandte den Blick nicht von mir ab, bevor ich nicht getrunken hatte. Dann rief er irgendwas und die Frau antwortete ihm aus dem Flur.

Ich schlief dann ein und schlief wie ein Toter bis Vato kam.

Gut, dass es warm ist. Die Ausstellung brachten wir hinter uns. Es waren massenhaft Leute da, sie machten einen fast zufriedenen Eindruck, aber was man da so alles mitkriegt. Verständlich, dass es keine Rassen gibt und Nationalität im Großen und Ganzen eine schwammige Sache ist und so weiter und so weiter. Aber Fakt ist, für mich sind diese Leute unverständlich und fremd, ein bisschen zum Fürchten. Sie reden dermaßen laut, als würden sie ständig streiten. Georgische Frauen haben trübe Augen, die man nicht zum Strahlen bringt. Was ich so gesehen habe, gibt es von ihnen nur zwei Varianten: entweder mit versteinertem Gesicht oder laut lachend, wie von Sinnen. Die Männer reißen mich nicht besonders vom Hocker, die interessieren mich weniger und außerdem – das ist ein offenes Geheimnis – halte ich sie für übermäßig aggressiv.

Du wirst dieses Tagebuch ja sowieso nicht lesen, und falls doch, weißt du ja sicher, dass ich vor Menschen im Allgemeinen keine Angst habe. Auch nicht vor denen, es wäre ja dumm. Bloß möchte ich ihnen nicht sehr nahe kommen.

5. 11. 2004

Heute bin ich wieder in ein Fettnäpfchen getreten. Aber die georgische Küche, speziell Chatschapuri – ja genau, das Käsebrot – hatte ich echt über. Die ersten Tage ging es ja noch, aber jetzt reicht's mir, außerdem kommt alles noch mal und noch mal. In den ersten Tagen freute ich mich, dass sie mir diese und jene Speise erklärten, sagten, wenn ich etwas zum ersten Mal äße, solle ich mir einen Wunsch überlegen, er würde sich später erfüllen. Ich hatte weder einen Wunsch, noch aß ich das zum ersten Mal. Ich hatte es einfach über.

Ich fragte Vato, wohin man auf einen Kaffee und Kuchen ginge. Gott sei Dank, Vatos patriotisches Empfinden bleibt normalerweise in einem gesunden Rahmen und er regt sich nie über Dummheiten auf. Ich erfuhr, er sei ein Vertreter einer sehr alten und bekannten Fürstenfamilie, deren Nachfahren seien alle große Wohltäter gewesen und von manchen gäbe es sogar ein Denkmal in Tbilissi. Vato sieht man seinen Aristokraten-Snobismus gar nicht an, mit ihm kann man sehr unbeschwert reden und etwas unternehmen. Er ist also ein ganz normaler Mensch.

Ich fragte also Vato, wo ich auf einen Kaffee und Kuchen hingehen könne, und er sagte, ins Literaturcafé. Ich fand mich auf einer sehr lauten Straße wieder, versuchte eine halbe Stunde lang, über einen Fußgängerüberweg zu kommen, dann erst sah ich eine Unterführung, als ich aber dort hinunterschaute, kam sie mir sehr schmuddelig vor, Leute waren auch keine zu sehen und deshalb mied ich sie lieber. Wenn sie mich da drin umbringen würden, wo kämen wir da hin.

Im Café waren eine Menge Leute, hauptsächlich Frauen. Eine stellte ihre Kaffeetasse, warum auch immer, auf das Klavier, auf dem Tisch hingegen den Aschenbecher. Zu ihr setzte ich mich mit meinem Kuchen. Der war gut.

So wie alle fragte auch sie mich aus, wo ich herkäme, was ich mache, allgemein, was ich will. Die Einzige, die mich nicht fragte, ob mir Georgien gefiele oder nicht. Sie rauchte wie ein Schlot, auf eine Tasse Kaffee kamen zehn Glimmstängel. Dann wurde ihr Tee gebracht, sie zog völlig unvermittelt einen Schuh aus, stellte den Fuß auf den Stuhl und breitete ihr Kleid darüber. Diese georgischen Frauen tragen entweder viel zu kurze Kleider, bei denen beim Bücken die Unterwäsche hervorblitzt, oder sie verhüllen sich komplett mit einem ellenlangen Rockschoß. Überhaupt kleiden sie sich auf eine ganz spezielle Art, ich weiß nicht, ob mir die gefällt. Aus kurzen T-Shirts schauen flaumige Bäuche hervor, im Prinzip ist das ja ganz interessant, aber na ja. Meinem Vater taten bei diesem Kleidungsstil immer die Nieren leid, was soll man da machen, er ist eben alt. Ich hingegen schaue in Georgien nur auf die flaumigen Bäuche, in den Kleinbussen zur Abwechslung auf die flaumigen Rücken und GAP-Unterwäsche. Warum ist GAP hier überhaupt so populär? Muss ich mal nachfragen.

Die Frau trug also ein sehr langes Kleid und hatte, wie die Mehrzahl der im Café anwesenden Frauen, am Nachmittag schon das Make-up für den Abend aufgelegt. Sie hatte so viel Lippenstift aufgetragen, dass man an jedem Zigarettenstummel im Aschenbecher etwas davon finden konnte. Ich mag das sehr, nur weiß ich nicht, worüber man mit so einer Frau reden soll oder was man sonst noch mit ihr anstellen kann. Immerhin kann sie gut Englisch.

Sie rührte erst in der leeren Kaffeetasse und schwenkte sie dann herum, mal so herum, mal andersherum, dann stürzte sie den Kaffeesatz auf eine Serviette auf dem Klavier.

Ich fragte, was das zu bedeuten habe, dass sie keinen Kaffee mehr wolle? Sie antwortete, nein, das machen sie in der Türkei so, wenn sie keinen Tee mehr wollen, sie aber wolle wahrsagen. Und wie? Na wie schon, aus dem Kaffeesatz. Sie wolle sich selbst wahrsagen. Dann fragte sie mich, ob ich das nicht für sie machen könne. Ich antwortete, nein, und glauben würde ich auch nicht daran. Dummes Gewäsch, meinte sie. Genauso hat sie es formuliert und ich war völlig von den Socken, denn bis dahin hatte sie gar nicht so unverschämt gewirkt.

Eine Weile saßen wir stumm da, dann sagte sie zu mir, wenn du willst, trink einen Kaffee und ich lese dir daraus. Nicht den Kaffee, den du jetzt trinkst, sondern einen anderen, türkischen, und ehe ich antworten konnte, sagte sie etwas zur Kellnerin und dann zu mir, er würde gleich gebracht.

Ich erzählte ihr, dass mir hier alle die Erfüllung irgendeines Wunsches in Aussicht stellten und ich nicht wisse, was ich mir wünschen solle. Generell wisse ich nicht, was ich wolle. Sie sagte, was für ein Blödsinn – wieder unverschämt, aber was soll's. Sie meinte, jeder wolle irgendetwas, nur würden manche einen Wunsch wagen und manche eben nicht. Sie wolle viel und es würde sich übrigens sogar erfüllen. Eigentlich immer – und sie zündete sich eine neue Zigarette an.

Mir war auch nach Rauchen zumute, und ehe ich in meiner Tasche herumgekramt hatte, nahm sie ihre Zigarette aus dem Mund und reichte sie mir. Einfach so, geradewegs, wie eine alte Geliebte. Eine lippenstiftbeschmierte Zigarette. Ich nahm sie, was blieb mir übrig? Sie sagte, siehste, du sagtest gerade, du hättest gar keine Wünsche, aber eine Zigarette wolltest du doch, und der Wunsch ist dir in Erfüllung gegangen.

Ich verstand ihre Logik nicht ganz, aber naja. Ich nahm die Zigarette und fing an, die Jacke anzuziehen. Das war umständlich, dabei brannte mir der Rauch in den Augen, selbst jetzt tränen sie noch. Was machst du da, fragte sie. Ich gehe jetzt, sagte ich, und vielen Dank für die nette Gesellschaft und die Zigarette. Gut, dann trinke ich eben deinen Kaffee, sagte sie.

 Die Frau hielt mich bestimmt für dumm. Dir ging es manchmal genauso, stimmt's? Ich weiß wirklich nicht, was ich nun machen soll.

Die Frau saß noch dort, tut sie sicher immer. Man hatte auch nicht vergessen, ihr einen Kaffee auf das Klavier zu stellen. Wahrscheinlich gehört sie schon zum Inventar. Morgen werde ich Vato bitten, mich zu begleiten, ich möchte mehr über sie herausbekommen.

 Sieh an, ein Wunsch. Das heißt wohl, er wird mir erfüllt.

6. 11. 2004
Heute fahren wir in die alte Hauptstadt Georgiens. Dort soll es auch alte Kirchen geben. Vato meinte, wenn wir beizeiten wieder wegkommen, nähme er mich nach Gori ins Stalinmuseum mit. Das wäre zwar interessant, wir werden aber sicher nicht pünktlich hier abfahren, keine Ahnung, warum die sich verspäten, deshalb schreibe ich auch jetzt. Außerdem kommen wir wahrscheinlich abends spät an, weil ein Junge, den ich in der Karawanserei kennengelernt habe, sagte, wir würden in einem tollen Restaurant in Mzcheta zu Abend essen.

 Ich trinke keinen Wein mehr. Die georgischen Männer trinken eher Weinbrand und kennen sich da besser aus.

Nach Gori fuhren wir nicht, in drei Stunden wäre es dunkel gewesen, deshalb lohnte es sich nicht mehr. Wir waren in der alten Hauptstadt und das war schön, sehr hübsch. Man hat uns viele Geschichten erzählt, leider bloß traurige: Mal fiel ein Mönch in den Fluss, weil er sich in eine Frau verliebt hatte, mal hat man einen großen König auf dem Berg begraben, mal benutzten die Feinde eine Kirche als Pferdestall.

Das Meiste erfuhren wir über die Heilige Nino, und das gefiel mir sehr. Eigentlich hätte ich sie mir anders vorgestellt, nicht so schwach wie auf den Gemälden. Ich denke, sie war eine sehr hübsche Frau, hat so einen langen Weg hinter sich gebracht, auch noch zu Fuß, und doch wollte ein König sie heiraten. Offensichtlich eine starke Frau, die Götzenbilder herunterriss und wer weiß, was sie noch alles tat, Angst hatte sie jedenfalls nie.

Im Frauenkloster waren ganz andere weibliche Wesen. Ich kann solche Frauen nicht ertragen, aber diese schwarze und finstere Kleidung und die Verschleierung mag ich, man kann nicht erkennen, ob sie jung oder alt sind, man sieht ihre Gesichter nicht. Aber ich weiß nicht, worüber ich mit ihnen reden und wie ich mich ihnen gegenüber verhalten soll. Orthodoxe sind eine eigene Spezies. Als wir herauskamen, setzte sich so eine Nonne ans Steuer eines weißen Jeeps. Ich konnte nur staunen. Wenn sie jetzt eine Mauer rammt, wird sie ebenso verschleiert mit strengem Gesicht eine Zigarette rauchen. Au weia! Wahrscheinlich darf man sowas in der Kirche nicht denken.

Wir kamen relativ zeitig aus Mzcheta zurück, sind aber trotzdem nicht ins Literaturcafé gegangen, ich war müde und hatte außerdem Wein intus, der Weinbrand schmeckte zu eklig. Macht nichts, morgen werde ich ausschlafen und wieder in die Karawanserei gehen.

Die Frau sagte ja, wünsch dir was und es geht in Erfüllung. Wenn das wirklich stimmte, wo läge dann mein Problem?

Ich wünschte, ich hätte an dir zuhause nichts mehr auszusetzen. Du würdest dich nicht mehr aufspielen und mich trotzdem gern haben, dich am Zusammensein mit mir erfreuen und stolz sein, dass du die begabtesten und tollsten Freunde hast, und die anderen Mädchen würden dich beneiden, dass ich mit dir zusammen bin.

Was schreibe ich da. Wahrscheinlich haben die mich wieder abgefüllt. Macht nichts, morgen werde ich die Seite einfach herausreißen.

7. 11. 2004
Alle Leute machen mir Komplimente wegen der Ausstellung. Das tut mir gut, aber ich bin nicht sicher, ob sie es wirklich ernst meinen oder einfach nur höflich sein wollen. In meinem Beisein fangen sie oft an, untereinander Georgisch zu sprechen, nur Vato ist so taktvoll und vermeidet das, nun, die übrigen können ja auch nicht so gut Englisch wie er. Während sie Georgisch sprechen, denke ich die ganze Zeit, dass sie über mich reden und bin aufgeregt. Wenn ich das Vato sage; wahrscheinlich wird er lachen und mich für paranoid halten, also lebe ich weiter mit der Aufregung, was soll's.

Dieser Tage bin ich ständig mit den Karawanserei-Leuten zusammen, wir reden immer über Kunst. Meistens sprechen sie über Dinge, worüber Künstler in der ganzen Welt eben sprechen.

Egal, wo ich gewesen bin, Künstler sind überall gleich. Die Mehrzahl von denen da hat eine sehr lange Zeit in Europa oder wer weiß wo gelebt, unterscheidet sich aber von den anderen Künstlern trotzdem so gut wie gar nicht, außer vielleicht im Äußeren und der Sprache. Wer weiß, ob manche wirklich dermaßen bedürftig sind, dass sie sich die Zähne nicht reparieren lassen können oder ob sie nur so tun.

Die Zähne des Malers sahen tatsächlich so übel aus, dass mir schlecht wurde. Was für ein Horror, so ein junger Mann, schämt er sich nicht! Selbst wenn er alt wäre?! Eine schicke Freundin hatte er immerhin. Wie die sich bloß küssen? Bestimmt leidet sie auch an irgendwas, Parodontose oder sowas in der Art. Igitt ...

Die Freundin erzählte mir, vor einiger Zeit sei eine Taube zu ihrem Fenster hereingeflogen, später habe eine Freundin einen Traum gehabt, sie, also die Freundin des Malers, besäße einen Vogel, bunt, glänzend, mit einem hübschen, spitzen Schnabel, später habe ihr der zahnlose Maler ein Gemälde geschenkt, mit einem Vogel drauf. Und dann?, fragte ich. Dann, schau mal, hab ich dich, einen fremden Vogel kennengelernt. Sie platzte vor Lachen. Parodontose konnte man nicht erkennen, aber ein bisschen durchgeknallt war sie schon.

Auch heute bin ich nicht ins Literaturcafé gegangen. Abends besuchen wir irgendeinen Fotografen. Ich habe seine Arbeiten gesehen, sie sahen recht schön aus, aber den Mann hatte ich bisher nicht zu Gesicht bekommen. Die Jungs sagten, er habe geilen Grappa. Also werde ich mich wieder betrinken und morgen wird mir der Kopf platzen.

Wohin nur meine Frau von nebenan verschwunden ist? Wenn mir morgen der Kopf platzt, hoffe ich, sie bringt mir Grappa vorbei.

Ich glaube, ich bin zum Säufer geworden.

Ich kann nicht schlafen. Erst habe ich zwar geschlafen, aber jetzt bin ich wach und mir brummt der Kopf. Zuerst dachte ich, ich schreibe mal Gurams Geschichte auf, aber jetzt hab ich keine Lust mehr. Mir platzt der Schädel.

Ich las die vorhergehenden Einträge und riss nichts davon raus. Warum sollte ich auch, du wirst es ja sowieso nicht lesen, stimmt's?

8. 11. 2004
Ich glaube, ich werde mich in meine Nachbarin oder was auch immer sie ist, verlieben. Als ich aufwachte, wartete ich wie blöde darauf, dass sie hereingestürzt käme.

Als sie hereinkam, musste ich lachen und sie lachte auch. Sicherlich stehen abends Leute vor dem Haus und erzählen rum, wann ich für gewöhnlich betrunken nach Hause komme. Ich muss mal darauf Acht geben. Ich finde, ich torkele nicht und überhaupt sieht man mir die Trunkenheit nicht an.

Diesmal brachte sie mir Mineralwasser anstelle von Grappa, auch gut. Den Geschmack von Gurams Grappa habe ich jetzt noch auf der Zunge, der war wirklich gut. Solange ich das Wasser trank, lief sie im Zimmer umher. Ich hatte Angst, dass sie die Gardine aufziehen würde, das Sonnenlicht würde mich verrückt machen, aber sie tat das nicht. Wahrscheinlich kümmert sie sich ihr ganzes Leben lang um Säufer.

»Finish?« Finish, sagte ich. Sie ging hinaus.

Es kam kein Wasser aus der Leitung. Auch jetzt nicht. Jetzt verstehe ich, warum in den Kleinbussen so ein schwerer Geruch steht. Macht nichts, ich sag das Vato, er wird mir helfen.

Ich bin in der Badeanstalt gewesen. Ab jetzt werde ich täglich hingehen, was quälte ich mich in diesem winzigen Badezimmer ... Später gingen wir irgendwo hinauf, auch dort gab es Kuppeln, und wir tranken herrlichen Tee in einem sehr dreckigen Teehaus. Es ist immer noch schönes Wetter.

Schade, dass es so früh dunkel wird. Bei Dunkelheit bin ich zu faul, zum Literaturcafé zu gehen, ansonsten würde ich die Frau ins Teehaus einladen. Sie war sicher noch nie dort gewesen. Solche gepflegten und geschminkten Frauen laufen hier wahrscheinlich nicht herum.

Meine Nachbarin oder was-auch-immer-Frau einzuladen bringt nichts, wir könnten uns sowieso nicht unterhalten und sie wird das Teehaus besser kennen als ich.

Ich würde zu gerne jemanden irgendwohin einladen, sonst gäbe es nur Arbeit, Arbeit, Arbeit. Abends geht's ja einigermaßen, aber trotzdem. Arbeit und Gerede über Arbeit habe ich schon zuhause genug.

Die Jungs sagten mir, bei den Kuppeln wäre ein neues Bad, da gäbe es Prostituierte. Als sie das sagten, grinsten sie unverschämt und ich grinste mit.

Ich will auch mal eine Sex-Tour. Ich bin ein Idiot. Wie gut, dass du diese Einträge nie lesen wirst. Obwohl, wenn ich sie dir zu lesen gäbe ... ach, was weiß ich.

Was will ich denn, dich eifersüchtig machen? So was Blödes.

9. 11. 2004
Heute war ich wieder bei Guram. Guram kann kein Englisch, er versuchte mir alles auf Deutsch zu erklären, aber ich verstand kein Wort. Es waren noch zwei Fotografinnen da, Lisa und Ira. Wie ich mitbekam, waren sie keine Georgierinnen. Die beiden Mädchen hatten eine Ausstellung an jenem Tag zusammen mit dem britischen Fotografen gehabt und ich schämte mich sehr, dass ich nichts beitragen konnte – kein einziges Foto war mir in Erinnerung geblieben und auch die Mädchen nicht.

Hätte ich die Mädchen doch eher kennengelernt. Sie scheinen sehr locker und interessant zu sein. Lisa ist groß, hellhäutig, lacht laut, schämt sich überhaupt nicht. Sie sprachen Russisch und Lisa lachte die ganze Zeit. Ihr Foto hatte Guram an die Treppe gelehnt, zu seiner Serie, für die er maskierte Menschen aufgenommen hatte. Auf dem Foto hatte Lisa schwarze Lippen und streckte eine riesige Zunge heraus. Ein tolles Foto und Lisa ist ein tolles Mädchen. Sie trinkt keinen Tropfen und lacht trotzdem ständig.

Ira gleicht mehr einem Fotomodel als einer Fotografin, aber Guram sagte, sie mache gute Bilder. Ein Maskenportrait von Ira habe ich nicht gesehen. Sie hat langes, strohblondes Haar und grüne Augen, aber dunkle Haut. Sie ist auch locker, lacht jedoch nicht zu laut. Solange ich dort war, saß sie still in der Ecke und lächelte vor sich hin. Irgendwas sagte sie zu mir, in der Art »ich hab deine Arbeiten gesehen und sie haben mir gefallen«, aber das muss nichts heißen, soviel habe ich begriffen.

Guram hat sein Schlafzimmer im zweiten Stock. Ich kann mich nicht mehr erinnern, warum ich dort hoch ging, vielleicht, um zu telefonieren, aber gut, dass ich ging. An der Wand hing ein Foto, das mir den Mund offen stehen ließ. Das Foto war an sich schon fantastisch, aber das Model ...! Ein bisschen wie du, aber da du das hier ja nie lesen wirst, kann ich ohne Zurückhaltung sagen, um einiges schöner als du. Ob es mir gefalle, rief Ira zu mir herauf. Sehr, sagte ich, und Lisa lachte laut, ich begriff bloß nicht, worüber. Hoffentlich nicht über mich. Das würde sie nicht tun, sie scheint mir ein herzensgutes Mädchen zu sein. Ira erzählte mir, dass das Mädchen nicht mehr in Tbilissi wohne, sie sei nach Europa gegangen, dort würden irgendwelche Fotografen richtig geile Aufnahmen von ihr machen. Sie war Lisas, Gurams und Iras Model gewesen. Sie haben sie sehr gelobt, aber das sei jetzt nicht mehr angesagt.

Später musste Guram weg und wir Übrigen gingen ins Literaturcafé. Zusammen mit ihnen war alles anders, wir lachten ständig, kauften viele verschiedene Kuchensorten und bewirteten uns gegenseitig. Die Frau saß nicht am Klavier, sie tauchte nirgends auf. Jetzt, am Abend, war alles anders, selbst das Make-up der Frauen war nicht besonders auffällig. Sehr gut, dass ich nochmal hingegangen bin, sonst hätte mich die Geschichte mit der Frau am Klavier wie ein dummer Traum verfolgt.

Ich fragte die Mädchen, ob sie wahrsagen würden. Ab und zu, meinten sie. Geht es in Erfüllung? Im Grunde schon.

In diesem Land sagt jeder: Alles wird gut, der Wille geschehe, wir werden alle glücklich sein. Davon ist noch nichts zu erkennen, ich verstehe nicht, wie die Menschen hier überleben, wo sie Geld herbekommen und überhaupt, was sie da freuen kann. Dauernd vom Krieg gebeutelt, dauernd Wahlen, ständig beschimpfen sie die Politiker, auf der Straße treiben sich Bettler herum, quetschen sich unter den Autos durch, wenn ich allein die Fotos sehe, es ist der reinste Jammer – und trotzdem erfreuen sie sich an irgendwas, aber zum Glück nicht wie die Amerikaner, ich glaube, sie fühlen echte Freude. Offenbar haben sie anders geartete Wünsche, sagen wir, wie die jener Frau damals am Klavier, sie wollen eine Zigarette und jemand reicht ihnen eine oder was weiß ich, aber etwas ähnliches, und das erfreut sie.

Möglicherweise liegt das am Klima. Die ganze Zeit scheint die Sonne und es ist warm. Auch gut.

10. 11. 2004
Ich glaube, ich habe auch die Grippe. Mir tut alles weh, ein Ohr ist verstopft, mir geht es insgesamt schlecht. In der Karawanserei waren einige Mädchen krank, wahr-

scheinlich habe ich mich bei ihnen angesteckt. Es tut mir sehr leid.

Vato sagte, gegen sowas hilft das Bad. Ich ging ins Bad, nicht in ein einzelnes, sondern ein Gemeinschaftsbad. Ich war sehr lange drin, der Masseur oder Bademeister oder wie der heißt hat kräftig gearbeitet, ich bin fix und fertig. Im Allgemeinen gehe ich da nicht so oft hin: haarige Männer, manche mit so einem Bauch, dass du aus dem Staunen kaum rauskommst, außerdem versucht jeder, den anderen zu übertönen und keiner kriegt es hin; der Fußboden war auch dreckig.

Ich habe also mächtig geschwitzt, und als ich nach Hause ging, tat mir überhaupt nichts mehr weh. Ich war einfach fertig. Das ist nicht schlimm; Vato sagte, ich könne mich den ganzen Tag ausruhen und sie würden mir dann sagen, was sie besprochen hätten. Deswegen ging ich in einen Tante-Emma-Laden und fragte eine Frau nach Grappa.

Sie verstand mich nicht und rief eine andere dazu. Die andere verstand mich genauso wenig, bis ich begriff, dass sie nicht wussten, was Grappa ist. Sie kannten hauptsächlich Wodka, ich kaufte eine kleine Flasche davon.

Zuhause trank ich den Wodka und kippte aus einem großen Glas sehr heißen, süßen Tee hinterher, mit viel Zitrone, auf Vato-Art. Dann nahm ich meine Medizin und schlief ein. Noch war es zwar hell, aber bald würde es sowieso dunkel.

Etwa drei Stunden später bin ich wieder aufgewacht und der Hals tut mir immer noch weh und jetzt sind beide Ohren verstopft. Was soll ich nur machen, damit es besser wird?

Ich schaffte es gerade noch in die Ausstellung, bevor sie schloss und konnte mich deshalb nicht mehr groß umsehen. Es waren Möbel von irgendeinem bekannten georgischen Designer. Er war sogar da, allerdings kriegte er nicht viel Englisch hin und wir konnten uns nicht unterhalten.

Ich dachte, ich könne Lisa und Ira in der Galerie treffen, sie wollten auch hingehen, aber sie waren nicht da, ich kam wohl zu spät. Den Designer konnte ich schlecht fragen, er kennt sie wahrscheinlich sowieso nicht. Dann ging ich ins Literaturcafé, dort traf ich sie aber auch nicht, irgendwelche Männer hatten sich eingenistet und von »meinen« geschminkten Mädchen sah man nur wenige.- Die Klavierfrau war auch nicht zu sehen. Kurzum, ein schlechter Tag.

Jetzt liege ich wieder in meinem Bett und weiß nicht, was ich machen soll. Ich will wieder schlafen. Ich werde Vato jetzt anrufen und ihm sagen, dass es mir gut geht und dass ich ab morgen früh in der Karawanserei sein werde. Ich nehme die Medikamente und dann wird es schon gehen.

Schade, dass ich vergessen habe, Lisa oder Ira nach ihrer Telefonnummer zu fragen. Sie selber haben auch nicht nach meiner gefragt. Scheinbar wollen sie sich nicht mehr mit mir treffen.

Es wäre interessant zu wissen, ob du mich jemals gemocht hast. Und ob ich noch an dich denken würde, wenn ich eine Beziehung mit der Klavierfrau einginge.

Was soll ich da schon für eine Beziehung eingehen. Ich kann mich nicht mal mehr an ihr Gesicht erinnern.

11. 11. 2004
Ich kapiere nicht, welche Art Kunst die Leute mögen. Insgesamt, was für Leute das überhaupt sind. Wenn sie Guram mögen, warum gehen sie dann in die furchtbaren Ausstellungen, wo ich heute war? Sowieso gehen immer

die gleichen Leute hin, selbst ich kenne sie schon vom Sehen, sie machen überall dasselbe Gesicht. Was das für Leute sind: mittleren Alters, wirklich keine Teenager mehr, anscheinend gebildet und kritisch, sie haben zwar kein Geld, aber sitzen ununterbrochen im teuren Café der Karawanserei, die Frauen tragen Second-Hand-Klamotten und dieseln sich mit dem neuesten Parfum ein. Nur gut, dass ich am Duft des Parfums erkennen kann, dass ich von dir wenigstens mal irgendwas nützliches hätte bekommen sollen.

So ein Künstler oder eher Kunstliebhaber unterhielt sich ganz lange mit mir, er sei in meiner Heimat gewesen, im Winter Ski gefahren und bei uns gäbe es herrliche Seen. Er ist in der Schweiz gewesen. Ich verkniff mir das Lachen, er hätte es sowieso nicht kapiert.

Nach der Ausstellung gingen wir in das versnobte Café. In der Straße steht ein neues Denkmal von Paradschanow, angeblich einem Georgier, genauer gesagt, einem Armenier aus Tbilissi. Das Denkmal gefiel mir, der Künstler oder Kunstkenner, der in der Schweiz gewesen ist, sagte aber, das wäre Karlsson und zwinkerte mir zu. Wieso ist das Karlsson, fliegt der irgendwann davon? Der gefällt mir sehr.

Wahrscheinlich bin ich wirklich krank. Den ganzen Tag war ich gereizt. In dem Café fühlte ich mich ganz und gar nicht wohl, es brannten irgendwelche Duftkerzen, die Mädchen waren hübsch, krallten sich aber ständig an ihren Handys fest, lächelten tiefgründig und senkten die Augen. Ich fragte eine Frau an unserem Tisch, die relativ lebendig aussah, ob sie nicht für mich aus dem Kaffeesatz lesen könne – sie lachte sich tot.

Vato begleitete uns nicht, scheint so, ich hatte schon recht, das Café war kein schöner Ort.

Abends entschloss ich mich, in der Altstadt spazieren zu gehen. Zuerst lief das ganz gut, in die oberen Straßen traute ich mich aber nicht, so düster wie die waren, kein Mensch war zu sehen. Macht nichts, dort werde ich morgen oder übermorgen hochgehen, ich muss ja noch eine ganze Woche hier bleiben.

Wenn ich nicht schriebe, würde ich platzen. Ich bin so durcheinander, dass ich fast Vato angerufen hätte, um das zu erzählen, aber dann verstand ich, dass es sehr lange dauern würde.

Es war so, ich schlief ein und irgendwer rüttelte an meiner Türklinke und hämmerte dann an die Tür, mir rutschte das Herz in die Hose. Wer ist da, fragte ich, und eine Frauenstimme antwortete irgendwas. Sie klang ärgerlich.

Bis ich aufgestanden, angezogen und zur Tür gelaufen war, hatte sie unaufhörlich geklopft, das hatte mich wahnsinnig gemacht. Ich machte auf, es war meine Nachbarin. In der Hand hatte sie, Gott sei mein Zeuge, eine Tasse Kaffee.

Sie kam so herein, als hätte ich sie ein ganzes Leben lang angebettelt: Komm, komm doch mal zu mir! Sie stellte die Tasse auf die Kommode und gab mir mit einem Blick zu verstehen, ich solle sie nehmen. Mein Blick auf die Uhr sollte ihr sagen, es sei gleich Mitternacht. Sie nickte und meinte, das könne sie nicht verstehen.

Trank ich eben den Kaffee. Er war abgekühlt, ich trank ihn auf ex. Den letzten Schluck bekam ich nicht runter, sie hielt meine Hand fest – furchtbar familiär sind diese georgischen Frauen – und sie schwenkte die Tasse in meiner Hand genauso wie die Klavierfrau: von hier nach da, kippte die Flüssigkeit auf die Untertasse und stellte die Tasse auf meine Einladungen. Mir war, als müsste ich sie anschreien, das hätte aber nichts gebracht. Sie klopfte mir auf die Schulter, gar nicht mal so leicht, und ging hinaus. Sie ließ die Tür offen stehen, ich begriff, dass sie zurückkommen würde.

Diesmal brachte sie statt des kleinen Jungen ein kleines, rundes Mädchen mit gelbgefärbtem Haar, gezupften Augenbrauen und Lederhosen, sehr witzig. Es hatte seinen Kaugummi auf einen Fingerring geklebt, nach dem Kaffeesatzlesen steckte es ihn wieder in den Mund. Das Mädchen konnte wunderbar Englisch, klar, wollte alles von mir wissen, sogar die Konfession.

Beide setzten sich auf mein Bett, der Gelbschopf sprach, die Frau vertiefte sich in meine Tasse. Sie fing an zu sprechen, die Gelbe übersetzte.

Sie sagte mir, ich hätte nichts kapiert, es läge deshalb ein langer Weg hinter mir, damit ich etwas hätte kapieren können, aber ich hätte trotzdem nichts kapiert. Sie hat mit mir über dich gesprochen, dass du nicht so seist wie ich dich haben will, dass du viel mehr bist und deshalb funktioniert nichts. Plötzlich blickte sie mich ärgerlich an und sagte, dass ich mir viel zu vieles erlaube, und wenn es ich weiterhin wage, so über dich zu denken, sei mir nichts etwas wert und meine Arbeit, die ich auch nicht erledige, wird sowieso minderwertig sein. Sie meinte außerdem, dass du meine Treue und meine Gedanken an dich gar nicht brauchst, ich nichts mehr vor dir verbergen soll, genauso wie – sie drehte theatralisch die Kaffeetasse um und hielt sie mir vor die Nase – sich nichts in dieser Tasse verbirgt.

Dann sagte sie mir, ich hätte noch einen weiten Weg vor mir – wahrscheinlich führt der nach Hause – und einen kurzen, fast unbedeutenden, aber dieser Weg brächte mir große Freude und gäbe mir noch einmal die Chance etwas zu kapieren. Was soll ich denn kapieren, fragte ich. Das musst du selbst wissen, sagte sie daraufhin. Ich hätte ja schon Fortschritte gemacht und würde noch welche machen – aber nicht in dem, was ich jetzt tue, sondern in einer anderen Sache. Sie sagte, nach dem langen Weg wird in mein Leben eine alte, für immer verloren geglaubte Frau zurückkehren, völlig unerwartet und nur für kurze Zeit, »und denk drüber nach, ob du nach Hause zurückkehren solltest.«. Welche Frau? Sie zuckte mit den Schultern. Jetzt denk dir was aus und steck den Finger in den Kaffeesatz rein, sagte sie.

Wieder ein Wunsch. Was hätte ich mir wünschen sollen? Und überhaupt, was für ein Blödsinn mit diesem Kaffee! Ich dachte mir nichts aus und steckte meinen Finger so rein. Sie schaute runter und strich mit ihrem eigenen Finger darüber.

»Von nichts kommt nichts«, übersetzt der Gelbschopf. »Ich hab doch gesagt, du kapierst einfach gar nichts.«

Weg waren sie. Der Gelbschopf wünschte mir noch eine gute Nacht.

Ich muss zugeben, ich habe Angst vor der unverschämten Frau, und zwar nicht zu knapp. Tagsüber mag es noch gehen. Morgen versuche ich, entweder spät heimzukommen oder bei Vato zu bleiben, ich könnte auch Lisa und Ira bitten, nachts mit zu mir zu kommen. Es geht hier nicht um Sex, wir lachen nur ein bisschen miteinander.

12. 11. 2004
Oberhalb meines Hauses ist die Stadt wunderschön! Es ist ein herrlicher Herbst, sehr warm; wenn ich anfange, das zu beschreiben, kommt süße Sentimentalität in mir auf, so ist es nun mal, was soll ich machen.

Jetzt sitze ich einem Café, im neuen Teil der Stadt, ziemlich weit weg von den Straßen meiner Reise. Auch ein Literatencafé, aber ganz anders. In der unteren Etage hat ein junger Lektor vier vielversprechende Studenten auf einen Kaffee eingeladen; wie ich mitbekomme, reden sie über Kafka, aber als Plätze frei wurden, ging ich hoch. Von dort kann ich die Straße sehen und die Kellnerin leichter erwischen.

Der ganze Tisch steht mir zur Verfügung, deshalb schreibe ich frei von der Leber weg. Mir gegenüber sitzt ein junger Mann, sieht aus wie ein Terrorist, trinkt Tee und ist in irgendeine Lektüre vertieft. Die Frauen bei uns finden solche Typen sehr anziehend, vielleicht, weil sie so dunkel sind oder warum? Auch der Hund des Mannes war so. Er war wohlerzogen, schaute wie ein Mensch aus dem Fenster, nur einmal sprang er ein Mädchen an, aber sie schienen sich zu kennen und keine Angst voreinander zu haben, der Mann sagte trotzdem irgendwas, woraufhin der Hund zum Fenster zurückkehrte.

Heute ist ein schöner Tag.

Es kamen ständig junge Mädchen herein, wahrscheinlich Studentinnen. An einen Tisch setzten sich fünf Mädchen und bestellten zwei Gläser Saft. Der arme Cafébesitzer! Nein, sieh an, sie bringen noch Kaffee. Sie trinken, wirbeln herum und erzählen sich allerlei Unsinn.

Wenn ich nur solche Tage hätte, würde ich in meinem Leben nichts mehr tun. Ich würde genauso rumsitzen, an einem großen Fenster, und sitzen und sitzen.

Hey, schau dir diese jungen Hühner an! Mal schauen sie vielsagend zu diesem Terroristen, mal zu mir. Der Terrorist schaut überhaupt nicht hin, er blättert in seinem Buch, ich hingegen rege mich auf. Wenn das mein Land wäre, würde auch er sich über unsere Mädchen aufregen, ist doch klar.

Natürlich fragten sie mich nach Feuer. Jetzt schreibe ich das auf, damit sie denken, dass ich wirklich etwas schreibe – und werde mich hinübersetzen.

13. 11. 2004
Gestern war ich in einem Tbilisser Nachtklub, der komischerweise »Berlin« hieß. Er sah nach einer Art Industriegebäude aus, riesig groß. Wir sind sehr spät hingegangen, könnte so gegen eins gewesen sein. Ich war betrunken und kann mich deshalb nicht mehr an meine Begleiterinnen erinnern. Vielleicht waren sie genauso betrunken.

Gestern habe ich den ganzen Tag nicht an dich gedacht. Heute tut mir der Kopf weh und jetzt gehe ich zu Vato, erzähle ihm von gestern und dann, abends, lädt Vato Tiniko und mich ins Sanssouci ein, natürlich nicht das Schloss, sondern in ein Café. – Ich bin schon total verblödet, was sollte das denn sein, ein Scherz?

Tiniko sagte zu mir, sie könne ein bisschen Schwedisch, irgendwann habe ihr das ein Mann beigebracht, der jetzt Verleger sei. Ob ich ihn kennenlernen möchte? Wozu?, fragte ich. Damit ihr euch auf Schwedisch unterhalten könnt, sagte sie.

Ich will weder einen schwedisch sprechenden Verleger, noch Gespräche auf Schwedisch, noch Tiniko Schwedisch reden hören, und überhaupt will ich gar nichts. Als sich rausstellte, dass Tiniko weit weg wohnt und deswegen mit dem Taxi heimfahren muss, freute ich mich sehr und gab ihr sogar das Geld dafür. Weg war sie. Das war das Einzige, was mir heute Freude gemacht hat.

Drei Tage lang ertrage ich alles, selbst Tbilissi. Ich freue mich nicht mal darauf, nach Hause zu kommen, um mit dir die Verhältnisse zu klären.

Unter dem Fenster jaulen Katzen. Katzenhochzeit, um diese Zeit! In diesem Land sind die Katzen genauso durchgeknallt wie die Menschen – die kümmern sich nicht um die Jahreszeiten, schreien, wimmern, benehmen sich wie Idioten.

Wenn die Frau jetzt die Tür aufmacht, ich würde durchdrehen. Ich werde zuschließen und das Licht ausmachen, vielleicht komme ich drumherum.

Falls sie hereinkommt, werde ich ihr alles sagen, was ich über sie und ihresgleichen denke. Sie kann zwar kein Englisch, aber ich würde ihr das schon begreiflich machen.

14. 11. 2004
Im Café »Parnas« tranken die Leute schon seit dem Nachmittag. Der Terroristenjunge trank nur Tee, grüßte alle Mädchen und benahm sich allen gegenüber sehr gesittet: lächelte sie an, sprach herzlich mit ihnen. Sein Hund gab sich heute nicht die Ehre, dafür lehnte sein Einrad an der Wand. Ein Terroristengesicht, hübsche Mädchen, ein Einrad. Wenn er morgen auch da ist, mach ich ein Bild davon.

Irgendwelche Frauen sahen mich an, sahen mich an und gaben mir eine Einladung. Obwohl ich da nicht hingehen werde, steckte ich sie aus purer Höflichkeit in die Tasche.

Heute hörte ich im »Parnas« zum ersten Mal einen politischen Dialog, genauer gesagt, einen Monolog oder eine Besprechung, was weiß ich. Auf jeden Fall hörte es sich für mich nach etwas Politischem an. An einem Tisch waren sie zu dritt: ein rothaariger Junge, ein bebrillter, großer Junge und eine Frau unbestimmten Alters, geschlechtsneutral, auch genannt »unisex«, gekleidet, sie trug das Haar lockig und zerzaust und an jedem Finger einen Silberring. Es war also wirklich eine Frau. Erst beredeten sie irgendwas untereinander, dann bezogen sie den Terroristen in ihr Gespräch mit ein, später setzte sich noch eine Frau dazu, die aussah wie ein alter Guldenschein, mit goldenem Haar und gelbem Mantel. Eine schöne Frau war das, sie hatte lange Finger. Als sie sich setzte, raffte sie ihr viel zu großes, sehr langes Kleid um die Oberschenkel und ich sah, dass sie auch ebenso gut ohne Kleid hätte rumlaufen können, solche Beine hatte sie. Die Frau setzte sich also zu den Anderen und dann ging es los.

Die Unisex-Frau ereiferte sich furchtbar. Sie schien eine gute Rednerin zu sein, sprach in langen Sätzen und machte in regelmäßigen Abständen irgendwas ziemlich Komisches mit den Händen. Offensichtlich sprach sie über jemanden; ich hielt sie für eine Feministin. Ich fand es sehr interessant, was da vor sich ging. Es ging mich zwar nichts an, aber mit irgendwas musste ich mich ja beschäftigen. Morgen werde ich unbedingt die Kamera mitbringen, vielleicht sind sie noch da.

Das war eine geile Sache. Nach kurzer Zeit hatte ich begriffen, dass sie über Tschetschenien sprachen und die Frauen und der Rothaarige einer Meinung waren, der Bebrillte irgendeiner anderen. Der Terrorist hatte offenbar alles mitbekommen und schlug sich auf die Seite der Frauen. Er mischte sich nicht selbst ein, die Goldhaarige zeigte mit der Hand auf ihn, wahrscheinlich zog sie ihn als Zeugen ran. Vielleicht war der Terrorist Tschetschene?

Dann wurde die Unisex-Frau wütend und fing an, »Faschist« zu rufen. Bald wird sie irgendeine Hymne anstimmen, dachte ich bei mir, und sieh an, die hat wirklich gesungen. Was es war, weiß ich nicht, aber es war wirklich eine Hymne, ich hab die schonmal gehört. Die Goldhaarige ballte sogar die Faust und folgte dem Rhythmus. Die Unisex-Frau hatte keine tolle Stimme, aber sie sang mit Inbrunst und zu meiner Verwunderung stimmte der Bebrillte mit ein.

Wäre bloß Vato hier gewesen, er hätte mich darüber aufklären können, was hier passierte. Die bildhübsche Frau hätte Englisch können müssen, aber selbst dann hätte ich sie nicht gefragt, übersetz mir mal bitte, was ihr da rumbrüllt.

Jedenfalls sind die Georgier Leute ohne Manieren. Was brüllt ihr so? Ich kann mir vorstellen, was letztes Jahr während der Revolution los war. Wie viel die rumgebrüllt haben müssen! Ein Wunder, dass sie sich nicht gegenseitig abgeschlachtet haben. Obwohl: Sie brüllten und brüllten und dann bestellte man ihnen Wodka, sie stießen miteinander an und aus einem Glas tranken sie Wasser hinterher. Ich habe das Gefühl, das ist alles nur Show. Dass Trinksprüche Show sind, habe ich schon gemerkt. Sie amüsieren sich. Als wir in diesem »Berlin« waren, hat keiner einen Trinkspruch ausgebracht, obwohl wir viel getrunken hatten. Weder Vato noch seine Freunde bringen Trinksprüche aus, wahrscheinlich deshalb, weil sie irgendwas anderes machen und denken, da bleibt ihnen keine Zeit, um dummes Zeug zu reden.

Normalerweise sollten weder die Unisex-Frau, noch ihr bildschönes Fräulein Langeweile gehabt haben. Neben der Goldhaarigen stand eine riesige Tasche, keine Ahnung, wie sie die schleppen kann, bei der Unisex-Frau klingelte drei Mal pro Minute das Handy, sie drückte es ständig aus, hatte keinen Nerv, gleich darauf fing es erneut an zu klingeln. Scheinbar braucht sie jemand, sie ist also zu etwas nütze. Verehrer waren es sicher nicht, soviel hatte selbst ich schon begriffen: Was soll man so einer Frau sagen, was kann man mit ihr anfangen? Da bist sogar du mir noch lieber als so eine, immerhin weiß ich genau, dass ich es immer noch mit einer Frau zu tun habe.

15. 11. 2004
In dieser Stadt ist alles, was ich bisher in Buchläden gesehen habe, von Guram ausgestaltet. Auch beim englischen Journal für georgische Literatur ist die Umschlaggestaltung von ihm. Ich habe ein kleines Buch mit seinen Illustrationen gekauft, wenn ich zurückkomme, muss ich es dir unbedingt zeigen.

Verdammt, ich komme ja wirklich bald zurück. Ich hatte gedacht, der Aufenthalt in Tbilissi würde mir etwas bringen. Warum auch nicht: In meiner Biographie wird die Teilnahme an einem georgisch-schwedischen Projekt stehen, ich habe ein anderes Land gesehen, irgendwelche Leute kennengelernt, mit Vato viel unternommen, zuhause werde ich letztendlich viel zu erzählen haben. Was wollte ich mehr? Nichts. Ich war hier weder auf die große Liebe aus, noch auf ewige Seligkeit. Solche Länder gibt es massenweise auf dieser Welt und ich werde ohne georgische Polyphonie und Chatschapuri die Hindernisse des Lebens überwinden.

Ich denke, ich werde das trotzdem vermissen. Was gibt es da zu vermissen?

Wir waren bei Vatos Bekannter in der Altstadt. Eine riesengroße Wohnung war das, einigermaßen abgewohnt, aber trotzdem herrschaftlich. Was nicht alles an den Wänden hing: Ein Teppich, ein trüber Spiegel mit Engeln und Rosen im Rahmen, große Gemälde, auch die eingerahmt von Engeln und Rosen. Normalerweise wäre das zu überladen gewesen, aber es sah sehr gut aus. Auch jetzt denke ich darüber nach, warum. Eine Möglichkeit ist, dass ich solche Häuser deshalb hasse, weil ich selbst keins habe, aber gerne eins hätte. Aber das glaube ich nicht. Wenn ich eins hätte, würde ich noch am gleichen Tag die Engel und die Rosen verkaufen und alles renovieren. Und dann wär es nicht mehr so ein Haus.

Ich war vollkommen aus dem Häuschen: Über dem runden Tisch hing eine Lampe, das Tischtuch war weiß mit weißen Stickereien und man reichte uns süßen Zwieback zum Tee. Eine Katze lief hin und her, sie erdreistete sich nicht wie andere georgische Katzen, mich anzuspringen oder ihre Krallen an meiner Hose zu wetzen.

Die Gastgeberin war früher Malerin gewesen, jetzt war sie jedoch in diplomatische Dinge verwickelt. Eine Frau zwischen dreißig und fünfunddreißig, die etwas mit Vato zu besprechen hatte, nach mir hat sie sich nicht erkundigt, sie hatte auch nicht viel zu sagen. Wir waren nur kurz dort, tranken Tee und das war's. Dann begleitete sie uns raus und ging selbst in einen Laden, und während wir ein Taxi anhielten, war sie inzwischen mit einer großen Flasche Wodka wieder herausgekommen. Ich fragte Vato, ob sie trinken würde. Ja, hast du das gar nicht gemerkt, sie ist schon betrunken, sagte er.

Es scheint so, als würde ich wirklich überhaupt nichts mitbekommen, verstehen schon gar nicht. Sie wohnt in so einem Haus, hat so eine Arbeit und trinkt? Dazu noch mitten am Tag? Und allein? Uns hat sie jedenfalls nichts angeboten.

16.11. 2004
Traumhaft – morgen fahre ich ab. Insgesamt waren es zwei Wochen. Ich werde das letzte Mal ins Tagebuch schreiben, genau jetzt, dann werde ich es in die Tasche stecken und Schluss, damit ich morgen nicht wie ein übernächtigter Irrer rumrennen und danach suchen muss.

Das, was ich so überflogen habe, war nicht gerade erfreulich. Die ganze Zeit ist nichts passiert und ich habe nichts von Bedeutung geschrieben. Nicht mal über die

Ausstellung oder über dich. Es fühlt sich an, als hätte ich die Ausstellung glatt vergessen. Und über dich hatte ich ja anfangs schon geschrieben, dass ich dich nicht erwähnen werde – das ist dumm, wie sollte ich dich nicht erwähnen, tja, wen sonst, wenn nicht dich?

Ich dachte, ich werde die Frau nicht erwähnen, aber jetzt, nachmittags, ist sowieso nichts anderes los. Insgesamt ist das eine idiotische Geschichte, aber welche Geschichte ist schon klug. Nun, als ich Wein kaufte – übrigens als Geschenk für dich, meine Liebe – neben der großen Badeanstalt, wo die winzige Gasse mit den Stufen hoch führt, stand sie dort und wusch einen Teppich. Sie hatte ihn mitten auf der Gasse ausgebreitet, richtete einen Schlauch mit kaltem Wasser darauf, hatte den Rockschoß im Rücken gerafft und bürstete den Teppich heftig. Sie hatte meine Schritte wirklich nicht gehört, aber als ich vorbeiging, schaute sie auf und zeigte mir mit der linken, freien Hand den Mittelfinger. Dazu lächelte sie mich an. Große, gesunde, weiße Zähne.

Hoffentlich taugt der Wein was. Vato riet mir, ich solle Tschatscha, georgischen Grappa, kaufen, aber in unserem Tante-Emma-Laden gab es keinen und ich hatte es satt, in der ganzen Stadt danach zu suchen. Außerdem ist heute der letzte Tag und ich habe noch viel zu erledigen.

Dort, im Norden

Jeder Morgen begann mit dem Gejammer meiner dicken Freundin: »Was soll ich hier!«

»Woher soll ich das wissen, meine Gute?!«

»Ja, warum? Hier wohnen doch Irre! Schau, der ist doch irre! Und der hat seine Mutter umgebracht!«

»Nicht der, der da mit der Brille war das.«

»Na und? Trotzdem ...«

Ja, er hat sie wirklich umgebracht. Er saß im Gefängnis und im Irrenhaus. Und jetzt war er eben hier. Die Dicke hatte völlig recht, was hatte uns nur hierher in die Klapse verschlagen, uns – zwei erwachsene, gesunde Georgierinnen?

»Deren Denkungsweise ist für mich ein Rätsel! Wo hat diese doofe Kuh meine Schlappen hingeramscht?«

Mit doofer Kuh war ich gemeint. Die Schlappen steckten an meinen Füßen. Bloß, dass es eigentlich meine Schlappen waren.

Vielleicht waren selbst wir nicht richtig im Kopf, warum waren wir sonst hier gelandet, und wie konnten wir das Ganze ertragen? Nun, wir kriegten das mit mehr oder weniger Erfolg hin, aber trotzdem.

In meiner Freizeit floh ich jedesmal zu Romas. Die Dicke nannte Romas »Schmuddel« – »Der Schmuddel ist da«. Nun, er war wirklich schmuddelig, aber er hatte wenigstens nicht seine Mutter umgebracht, sie wohnte in der Hauptstadt, ich kannte sie, eine Opernsängerin, dicker noch als meine Dicke.

Der aus dem Haus, von seiner Familie fortgejagte Romas hatte in unserem Ort ein nettes Häuschen gefunden, zweistöckig, aber winzig, deshalb wurde es darin schnell warm. Abends brieten wir in der Burschuika Kartoffeln und hörten Pink Floyd – von einer zerkratzten Schallplatte; Romas hatte einen uralten Plattenspieler namens »Rigonda«, mit einem grünen Lämpchen an einer Ecke, und man musste warten bis es ordentlich leuchtete, das war das Zeichen, dass der alte Kasten warm genug und betriebsbereit war.

In jenem Herbst strichen wir alle Stühle in Romas' Haus verschiedenfarbig an, überall hing der Geruch von Aceton. Was für Mandalas ich malte! Dann, eines schönen Tages, als die Stühle schon alle gestrichen waren und wir den Tisch mit Schleifpapier schmirgelten, öffnete ein mächtiges Weib die Tür und kreischte in ihrer Sprache, und Romas sagte zu mir, es sei besser für mich, wenn ich ginge. Später rief er mich, dann schon aus der Hauptstadt, an und meinte, er und seine Frau gingen nach Finnland. Armer Romas.

Die Dicke rannte öfters durch den Wald, mit 50 Stundenzentimetern, abends trank sie Milch, das sei gut für die Sinne. Von unserem Fenster aus konnte man die Kiefern sehen und die Überreste eines Denkmals aus Sowjetzeiten, »Mutterschaft«.

Manchmal lugten kleine Jungs aus den Büschen und die Dicke zog die Gardinen zu: »Die Freude gönn' ich euch nicht!«

Nun, sollten sie sich doch freuen, wenn sie sich freuen wollten. Es reichte doch, wenn wir schon keine Freude hatten. Ich hatte nur Spaß am Essen, denn unsere Köchin Vika machte, falls sie gerade nicht auf Diät war, sehr köstliches Essen.

Die Köchin Vika war die verdorbenste, unflätigste und nichtsnutzigste Frau, die mir jemals begegnet ist. Weder ihr Körper war attraktiv, noch ihr Gesicht, und schon gar nicht ihr Benehmen. Sie stammte aus Norilsk und hatte eine Aussprache – meine Güte! Aber eins ist wahr: kochen konnte sie fantastisch – irgendwas musste ja klappen.

Obwohl, ich hab gelogen. Sie hatte noch etwas Positives. Janine. Janine war ihr Kind, sie glich einem Engel, einer Elfe oder wer weiß was, ein Wunder war sie, auf jeden Fall blond, mit braunen Augen; alles an ihr war schön. Ich konnte nicht verstehen, wie die idiotische Vika so etwas zur Welt bringen konnte; damals kam mir erstmals der Verdacht, dass Gott seinen Segen offenbar völlig wahllos verteilt. Außerdem, ihr hättet Janines Vater sehen sollen. Er hatte seine ehemalige Frau und seine Tochter nur zweimal besucht. Mit seiner Haut und vom Temperament her glich er einer geschälten Kartoffel; und die Dicke meinte, nachdem sie ihn kennengelernt hatte, er sei wohl mit fettlosem Brei aufgezogen worden. Die Dicke selbst hasste den Anblick weißer Männer, sie war angetan von den schwärzesten, behaartesten und übelsten Machos, und selbst der, verglichen mit Janines Papi noch unglückseligere und schmutzigere Romas gefiel ihr; er lacht wenigstens wie ein Schwachsinniger, sagte sie.

Wie es dazu kam, dass das arme Kind mitten in Norilsk Janine heißen sollte, kann keiner so recht sagen. Als ich Vika fragte, sagte sie, damals habe sie gern Mireille Mathieu gehört und darum. Märchenhafte Logik. Jedenfalls mochte mich Vika irgendwie oder glaubte, wir seien Freundinnen; keine Ahnung, wie ich das nennen soll, dass sie sich mit mir anfreundete. Ich denke, es lag daran, dass ich sie ständig heruntermachte und sie masochistische Anwandlungen hatte. Sie nahm wohl an, ich liebte sie, weil ich mit ihr stritt. So war das nicht, ich fand Vika genauso zum Kotzen wie alle anderen Hausbewohner, natürlich außer der Dicken.

Obwohl Vika sich mit mir angefreundet hatte und mich in Beschlag nahm, mir irgendwelche wundersamen Dinge erzählte, hatte ich mit ihrem Kind aber nichts zu tun. Ich hatte nie mit ihm gesprochen. Wahrscheinlich deswegen, weil ich nicht erpicht auf Kinder bin und noch nicht mal weiß, wie ich mich ihnen gegenüber verhalten soll; vielleicht habe ich sogar Angst vor ihnen, wer weiß. Zumal ich in der Situation wirklich nicht die Nerven für sowas hatte, bei kleinen Kindern hätte ich eventuell noch ein Duzi-Duzi herausgebracht, aber Janine war ja schon vier Jahre alt.

Als es dermaßen geschneit hatte, dass die Dicke nicht mehr durch den Wald rennen konnte, und Romas' Horrorfrau ihn nach Finnland verschleppte, drehten wir völlig durch und benahmen uns unseres Irrenhauses würdig: Auf dem Flur sangen wir so laut wir konnten von traurigen Abenteuern des vom Jäger verwundeten Kranichs, vertauschten die Schuhe vor der Tür der Nachbarn und so weiter ... Dann sagte die Dicke, wir sollten diese irrsinnigen Dinge sein lassen, sonst würde es am Ende peinlich, und sie kaufte ein Bund Katzengras.

Just dieses Katzengras führte dazu, dass ich Janine ansprach. Nachdem wir einen gesegneten Aufguss aus dem Katzengras bereitet und davon getrunken hatten (völlig umsonst, denn uns half er sowieso nicht), beschloss ich, den blöden Winterabend zum Fest für die heimischen Katzen zu machen. Ich zog meine orthopädischen Dinger an – so frech bezeichnete die Dicke meine stolzen Vibram-Schuhe –, schwang mich vom Balkon und ging mit dem Einweckglas in der Hand Richtung »Mutterschaft«; das Licht aus unserem Fenster schien direkt auf sie. Bei dem Denkmal angekommen, schüttete ich das Katzengras auf die Brust der Mutter und kehrte zurück.

Und dann sah ich Janine. Sie stand an unserem Treppengeländer im Schnee. Sie hatte keinen Mantel an.

»Was machst du?«, fragte sie mich auf Englisch. Ich wusste, dass sie Englisch und Estnisch konnte, Russisch aber nicht, obwohl ihre Mutter nur Russisch konnte, und selbst das schlecht. Sowas war mir noch nie untergekommen, aber so war's.

»Und was machst du? Ist dir nicht kalt?«

»Nein.«

Ich stieg auf den Balkon und nahm Janine hoch. Sie war leicht wie ein Vögelchen. Als ich sie auf den Arm nahm, bekam ich Angst, ihr irgendwas zu brechen. Die Dicke öffnete die Tür.

»Na, wen haben wir denn da?«

»Ich bin Janine. Warum hast du das gemacht?«

Nun, wie sollte ich ihr das mit meinem fantastischen Englisch erklären? Wieder half mir die Dicke aus und erzählte Janine alles über die Verbindung zwischen Katzen und Katzengras, über unser Nervensystem, sogar die vergleichende Analyse zwischen dem Klima in Georgien und dem im Norden ließ sie nicht aus. Janine hörte mit offenem Mund zu, und an der Bewegung ihrer Lippen konnte ich erkennen, dass sie die Worte für sich wiederholte. Wieviel sie davon verstanden hatte, weiß ich nicht.

Wir löschten das Licht und ließen uns auf dem Fensterbrett nieder. Kurz darauf kam die erste Miezekatze.

»Da kommt eine!«, flüsterte Janine.

Die Katze sprang an einer gefährlichen Stelle runter, wo der Schnee tief war, und in meine Fußstapfen konnte sie ihre Pfoten nicht setzen. Ein paar Schritte lief sie, als ob sie voller Ekel aufträte, dann schien es, als würde sie kapitulieren, aber schließlich erklomm sie einigermaßen schnell und erfolgreich die duftende Brust der »Mutterschaft«. Dann erschien eine zweite Katze und später eine dritte und so weiter ...

Wenn damals mein Schutzengel nicht so eingefroren

und schläfrig wie die Einheimischen gewesen wäre, hätte ich ihm unbedingt gefallen, und meine gute Tat für die Katzen würde meine Seele vielleicht retten. Auf der Statue drängten sich die Kätzchen der gesamten Siedlung, stritten sich erst, dann begannen sie zu singen ...

»Wunderbar!« Janines Haltung hatte sich nicht verändert, sie saß zusammengekauert auf dem Fensterbrett. Sie glich wirklich einem Vogel.

»Was ist wunderbar?«

Sie sah zu mir auf: »Ich kann besser Englisch als du.«

Jeder kann besser Englisch als ich.

Sie sprang vom Fensterbrett und strebte zur Tür. Aber nicht zur Garten-, sondern zur Flurtür. Die Dicke begleitete sie und sagte irgendeinen langen Satz zu ihr, leise, so dass ich nichts verstehen konnte.

»Mach dir keine Sorgen«, entgegnete ihr Janine und ging.

Die Dicke schimpfte die ganze Nacht vor sich hin. Beim Aufwachen ging es weiter, selbst beim Baden hörte sie nicht auf mit der Meckerei: »Na, was soll man auch von einer Norilsker Schlampe erwarten? Norilsk ist die reinste Steppe!«

»Wirklich?«

»Klar, was glaubst du, dass es der Himalaja ist?! Die ist wahrscheinlich in einem Loch aufgewachsen, wie eine Wühlmaus.«

Das Thema Erziehung, Bildung und Moral der Köchin Vika haben wir aber bald vergessen, weil unsere Irren uns jeden Tag aufs neue Freude bereiteten. Vorwiegend amüsierten wir uns über ihre Erlebnisse, manche aber berührten uns – vor allem mich – besonders mit Bitternis:

Wir hatten einen Putzmann, Vitiok, mit feuerrotem Haar und so vielen Goldzähnen, dass die Dicke ihn »Goldmine« nannte. Er war ein typischer Vertreter vom letzten

Rest sowjetischer Hippies, verrückter, als man es brauchte, glaubte, er verstehe was vom Buddhismus, und zeigte unverhohlen sexuelle Ambitionen. Aber er war kräftig und schrubbte den Fußboden ganz ordentlich, dabei sang er laut und selbstvergessen: »Welche Stimme? Wessen Haare? Vitiok wischt die Korridore!«

Nun, eines morgens fanden wir an der Tür des Frühstückssaales angepinnt einen Gruß von Vitiok: *Good bye forever* und darunter ein Wirrwarr aus unflätigen Worten und Zeichnungen. Als wenn mich das jucken würde, Vitiok war fort und das war's. Es stellte sich jedoch heraus, dass wir, bis wir eine neue Putzkraft fänden – was nie gelang – den Fußboden abwechselnd selbst scheuern sollten.

Ich hasse das. Lieber würde ich mit einer Axt den ganzen Park niedermachen. Die Dicke erklärte mir aber, dass Drecksarbeit die Seele sauber macht und dass physische Anspannung besser ist als »Das Orangene Buch« zu lesen.

So wurde mein Leben noch bunter, im Laufe des ganzen Jahres war für mich zweimal pro Woche, nachmittags, ungefähr dreihundert Quadratmeter erst kehren, dann scheuern angesagt. Ich konnte Vitiok gut verstehen, auch ich begann zu singen, mit genauso kräftiger Stimme, aber mit dem Unterschied, dass ich Klassiker vorzog, Joseph Brodsky oder so. Die Dicke hatte ein anderes Repertoire: »Immer noch wiegt der Wind das alte Schilf ...« und wischte die Diele sanft mit dem Lappen. Ihren Gesang nannte sie ihren lyrischen Sopran.

»Ist das ein georgisches Lied?« fragte der Muttermörder.
»Nein«, antwortete ich, »klassischer Jazz.«
»Aha.«
»Genau.«
Mir war ganz schön bange vor dem Typen und deshalb lächelte ich ihn öfters gequält an – oh Gott, hoffentlich wird er mich mögen und bringt mich nicht um ...

Das Fußbodenschrubben hatte, wie ihr wisst, nie ein Ende, und ich erinnere mich, es ging auf den Herbst zu und dank dieser Tatsache fand ich den Fußboden besonders verdreckt vor, als Janine auftauchte. Ich spülte den Lappen aus und hasste die ganze Welt.

»Was tust du da?«

Ich breitete den Lappen aus und wickelte ihn um den Schrubber.

»Komm, weiß du was?«

»Was denn?«

Als ich mich aufrichtete musste ich lachen: Sie war so winzig und schaute mich mit leicht geöffnetem Mund sehr ernst an. Vor einiger Zeit hatte ich mal einen Mann kennengelernt, der konnte auch so gucken und ich musste darüber immer lachen, deshalb hielt er mich wahrscheinlich für dumm, er war eine rechte Janine, nur in groß und männlich.

»Hier, stell dich auf den Lappen, oder nein, hock dich drauf, und ich schieb dich damit rum. Willst du?« So hatte es Berta Solomonowna mit mir gemacht, als ich in Janines Alter war. Ich dachte, sie wolle mich bespaßen, aber die Nachbarin, die doofe, meinte, der Fußboden würde besser sauber, wenn der Lappen beschwert ist.

»Ja.«

Sie streckte mir ihre Hand hin, ich hielt sie fest und Janine trat mit der Grazie einer echten Königin auf den Lappen. Dann hockte sie sich hin.

»Halt dich am Stiel fest.«

»Ja.«

Wir rutschten los und Janine fing an zu kichern. Ich sah zum ersten Mal, wie sie lachte: Sie zuckte mit den Achseln, als wenn jemand unsichtbares sie kitzeln würde, ihre Augen konnte man überhaupt nicht erkennen. Berta Solomonowna war offenbar eine gute Lehrmeisterin gewesen, im Nu waren wir am Ende des Korridors angelangt.

»Nochmal.«

»Mehr gibt es nicht.«

»Na gut. Kein Problem.« Und weg war sie.

Diese Begebenheit erzählte ich der Dicken beim Abendessen. Janine saß ein Stück entfernt und lauschte mit offenem Mund einer Unterhaltung zwischen ihrer Mutter und Wärter Morten. Worum es ging, weiß ich nicht, ich verstehe kein Estnisch, aber es war nichts Gutes, das merkten sogar wir.

»Ein tolles Kind«, sagte die Dicke und verfluchte die Mutter, und zwar so unflätig, dass ich das hier besser nicht schreibe.

Am nächsten Tag reiste die Dicke nach Moskau, um Prüfungen abzulegen. Sie stand im Morgengrauen auf und eilte zum Bus.

Zugegeben, ihre Abreise beunruhigte mich ein bisschen, manchmal mag ich einfach nicht alleine sein. Außerdem war die Dicke eine fantastische Gefährtin, deren Gegenwart mich noch nie angeödet hatte. Wenn ich doch nur mal so einem Mann begegnen würde ...

In solche Gedanken war ich versunken, als sich die Tür öffnete – natürlich ohne Anzuklopfen, in Norilsk ist der Brauch des Anklopfens wahrscheinlich nicht bekannt – und Vika hereinkam. Ich war so verdutzt, ich konnte nicht mal schimpfen. Sie kam herein, setzte sich zu mir aufs Bett und erzählte mir etwas so Verwunderliches, dass ich total sprachlos war.

Vika berichtete mir, welchen Spaß Janine gestern mit mir gehabt habe. Sie – also Vika – habe sich entschieden, mit der Dicken nach Moskau zu fahren, da sie dort etwas zu erledigen habe, allerdings sei das eine Sache, wo Janine nicht dabei sein könne, sie ließe Janine bei mir und käme in zwei Wochen wieder, jetzt müsse sie jedoch gehen, sonst verpasse sie den Bus. Wiedersehn!

In meinem ganzen langen Leben fallen mir nur zwei Gelegenheiten ein, die mich wirklich sprachlos gemacht hatten. Einmal, als mir im Donezker Studentenwohnheim ein baumlanger Schwarzer im Fahrstuhl für fünf Dollar Sex anbot – die fünf Dollar sollte übrigens ich bezahlen; und das zweite Mal hatte Viktoria geschafft.

So blieb Janine bei mir. Ich war vollkommen verzweifelt.

Ich dachte, ich werde aufstehen, baden, zur Besinnung kommen und dann darüber nachdenken, was ich mir da eingebrockt hatte, aber das ging nicht. Im Bad traf ich auf Janine. Sie versuchte den Pullover auszuziehen, aber ihr Kopf war im Ausschnitt stecken geblieben.

»Hey, Janina!«

Sie befreite blitzschnell ihren Kopf und schaute mich an.

»Was ist?«

Ich erzählte ihr, dass ihre Mutter beschlossen hatte, mit der Dicken nach Moskau zu fahren, da sie dort etwas zu erledigen habe, allerdings sei das eine Sache, wo Janine nicht dabei sein könne, sie ließe sie bei mir und käme in zwei Wochen wieder, jetzt sei sie jedoch schon gegangen, sonst hätte sie den Bus verpasst. Janine tat mir furchtbar leid und ich mir selbst auch.

»Okay«, sagte sie so folgsam, dass ich völlig platt war.

Bevor ich mich auszog, sah ich heimlich zu ihr herüber: Sie legte ihre sauberen Sachen akkurat auf die Bank, zog eine Zahnbürste aus dem Mantel und krabbelte auf einen umgestülpten Wäschekorb vor dem Waschbecken. Zuerst hatte ich Angst, er würde zerbrechen, aber Janine wog ja so gut wie nichts. Ich hob den heruntergefallenen Pullover auf. Janine sah mich an und sagte:

»Wirf ihn wieder hin, ich kümmere mich dann darum.«

Am ersten Abend unseres Zusammenlebens verkündete Janine: »Gute Nacht!« und schickte sich an, zum Schlafen in ihr Zimmer zu gehen.

»Bleibst du nicht bei mir?«

»Wieso?«

»Weil ich nicht alleine schlafen mag.«

Sie schaute mich ungläubig an. Nun, das war nicht ganz gelogen, vielleicht glaubte sie mir deshalb, dass es die Wahrheit war. »Ich hab Angst. Weißt du, bis jetzt wohnte meine Freundin bei mir, aber jetzt ist sie in Moskau. Du bleibst doch, ja, Janina!?«

Sie dachte nach. »Wovor hast du denn Angst?«

»Weiß nicht.« Das rutschte mir sehr unpädagogisch raus, aber anders konnte ich es nicht ausdrücken.

»Weißt du was? Du kannst bei mir schlafen. So ist es besser.«

Janine machte nie Probleme. Sie wusch sich selbst, zog sich selbst an, band sich sogar selbst die Schnürsenkel, wenn auch ein bisschen seltsam, aber ordentlich, da konnte man nicht meckern. Sie wusch auch ihre Unterwäsche, jeden Abend beim Baden, damit sich nichts anhäufte. Sie sagte mir, wenn ich meine Wäsche in die Maschine rein täte, solle ich ihr Bescheid sagen und sie würde ihre dazutun.

Spielzeug hatte sie nicht, brauchte aber auch keins. Auch Märchen kannte sie nicht. Wie »Märchen« auf Englisch heißt, weiß ich bis heute nicht, deshalb sagte ich zu ihr, ich würde ihr »Geschichten« erzählen.

»Warum?«

»Nur so, aus Spaß.«

Statt »Rotkäppchen« erzählte ich aus Versehen vom »Rotkleidchen«, aber das machte nichts. Mir fiel ein, wie ich mich früher vor dem Wolf gefürchtet hatte und wie leid mir tat, dass man ihm den Bauch mit Steinen voll schmeißt. Ich wollte die Geschichte immer ohne Wolf hören. Deshalb erzählte ich Janine, der Wolf hätte nach dem Zunähen seines Bauches geschworen, nie wieder kleine Mädchen und alte Omis zu verschlingen.

Ich lag auf den Fußboden, Janine hörte mir vom Bett heruntergelehnt zu. Als ich fertig erzählt hatte, sagte sie nichts, schaute mich bloß an. Dann krabbelte sie zu mir herunter und setzte sich an meine Füße.

»Würdest du das glauben?«
»Was?«
»Dass er niemanden mehr frisst.«
»Nun, wenn er es geschworen hat?«
»Das hat nichts zu sagen. Er ist immer noch ein Wolf.«
»Was weiß ich, Janina, ich hab nie mehr davon gehört, dass er noch jemanden gefressen hat.«
»Wirklich?«
»Ja.«

Tagsüber wich sie nicht von meiner Seite, berührte mich aber nicht, murmelte manchmal etwas vor sich hin und amüsierte sich. Auf irgendeine Art plagte mich mein Gewissen. Als ich in ihrem Alter war, kümmerten sich hunderte Leute um mich, ich hatte tausende Freunde und trotzdem bin ich so geworden wie ich bin. Ich wusste nicht mehr, was ich mit ihr anstellen sollte. Dann nahm ich drei Schleifen aus dem Vorrat der Dicken – wozu zum Teufel brauchte sie die alle? – und band sie an die Stuhllehne. Ich erinnerte mich, als ich mit Mutter in Pasanauri war und sie mir genauso das Zöpfeflechten beibrachte. Janine hatte die Sache sofort kapiert, und solange, bis ich vom blaustichigen Olivetti-Monitor blind wurde, flocht und flocht sie mit ihren winzigen Fingern: lösen – flechten, lösen – flechten ... Dann fragte sie mich, ob man das mit dem Haar genauso mache? Klar, sagte ich. Selbst wenn es ziepen würde, ich mache keinen Mucks. Sie setzte sich hinter mich auf die Stuhllehne, ich quälte mich mit meiner Arbeit, sie flocht. Es hat kein einziges Mal geziept.

Abends, wenn ich mit allem fertig war und den Fußboden geschrubbt hatte, gingen wir spazieren. Sie nahm weder meine Hand noch sonst irgendwas. Wir gingen ziemlich langsam, schließlich war Janine ja noch so klein.

»Wollen wir durch das Laub rennen?«

»Warum?« Sie sah mich mit offenem Mund an.

»Es raschelt und das macht Spaß.«

»Wir werden schmutzig davon.«

»Na und?«

Sie folgte mir und lachte laut, versuchte, die Blätter auf mich zu schmeißen, aber es passte nicht viel in ihre Hände. Sie fiel in einen Laubhaufen, kugelte sich herum, lachte und jauchzte.

»Los, komm, das macht Spaß!«

Auf dem Rückweg fragte ich sie, ob sie nicht müde sei, wenn sie wolle, könne ich sie hochnehmen. Sie entgegnete, macht nichts, der Weg sei ja nicht mehr lang.

Es dauerte wirklich nicht mehr lange. Meine Zeit flog dahin. Sofern ich überhaupt fähig bin, jemanden zu lieben, verliebte ich mich in Janine. Sie hingegen war so wie am ersten Tag, als wir uns kennenlernten – sie vertraute mir nicht besonders, schaute mich aber immer sehr interessiert an, mit leicht geöffnetem Mund, unbeschreiblich schön.

Abends wurde in der Kirche auf der Orgel gespielt.

»Hey, Janina, wollen wir hingehen?«

»Ist das gut?«

»Nun, mir gefällt's. Und wenn du willst, können wir auch Kerzen anzünden.«

»Warum?«

»Na, weil es schön ist.«
»Gut. Mal sehen.«

Wir beschlossen, uns herauszuputzen. Janine tippelte in ihr Zimmer, sagte, sie würde sich anziehen und auf mich warten, ich setzte mich vor meine armselige Garderobe. Wie putzt man sich heraus, ich kann mich gar nicht mehr erinnern, und für wen bitteschön, für die Dicke? Und in Romas' Jeans in die Kirche zu gehen wäre unanständig.

Am Ende zog ich doch die Jeans an und ging hinaus in den Garten. Noch keine Spur von Janine.

Es wurde schon dunkel, war aber nicht so kalt, wie es dort gewöhnlich ist. Es war ein prima Abend.

Diese schreckliche »Mutterschaft«, da vergeht einem der Gedanke an die Mutter und alles andere auch.

Dann fiel mir auf, dass Janine sich sehr verspätete. So viel hatte sie doch gar nicht anzuziehen. Ich ging zurück ins Haus. Die Tür war verschlossen. Komisch. Ich klopfte. »Janina?«

Dann stürzte ich wieder hinaus in den Garten.

»Janina! Janina!«

»Hier bin ich.« Sie hockte im Gebüsch, zusammengekauert, und weinte, die Tränen wischte sie mit den Fäusten ab. Ich wurde fast verrückt.

»Tut dir was weh? Hat dir jemand was getan? Janina!« Ich nahm sie auf den Arm. Sie war wie ein Stein, verkrampft und sehr verängstigt.

Um nicht länger herumzureden, sie musste mal und hatte ihr schickes Kleid nass gemacht. »Na und? Komm, zieh dich um.« Dann verstand ich, sie dachte, ich würde sie deswegen schlagen.

Ich und Janinchen schlagen? Ich würde jeden umbringen, der Janine etwas täte! Hast du gedacht, ich traue mich nicht? Von wegen! Soll ich diesen Baum für dich fällen? Nein? Dann verprügle ich eben Wärter Morten, wenn du willst, hey, dort steht sie. Nein? Nun, wen soll ich schlagen?

Sie fing an zu lachen. Was lachst du? Hey Janina, wir kommen zu spät zum Konzert!

Wir kamen später. Aber umkehren wollten wir auch nicht mehr.

Einmal spazierten wir um den See, ich brachte ihr »Pioniere, voran« bei – ich bin doch kein Mensch! Am Ende setzten wir uns auf eine Bank – sie war zwar nass, aber ich trennte die Kapuze von meiner Jacke und legte sie unter, Janine setzte sich auf meinen Schoß.

Im See spiegelten sich die Laternen. Der einzige Schwan kam angeschwommen. Im Sommer waren es noch viele gewesen. Ein großer, weißer Schwan war das. Er schwamm nah ans Ufer heran.

»Schade, dass wir kein Brot dabei haben, stimmt's?«

»Ja«, sagte Janine, »er ist ganz schön groß, oder?«

»Ja, sehr groß.«

Der Schwan kam aus dem Wasser. Ehrlich gesagt, war er mir nicht ganz geheuer – er war wirklich riesig groß, hatte furchtbar hässliche Füße und außerdem kam er direkt auf uns zu.

Janine drückte sich mit dem Rücken an mich. Sie wirkte angespannt.

»Hab keine Angst. Siehst du nicht, was der für einen dünnen Hals hat? Stark ist der nicht.«

Just in diesem Moment fing dieser dämliche Vogel an, mit den Flügeln zu schlagen. Wie riesig der war! Janine riss sich von mir los und flüchtete in den Wald, sie vertraute ihren Beinen mehr als mir. So ein Unglück, oh mein Gott!

Da stand sie mit geballten Fäusten. Ich hockte mich vor ihr hin.

»Ach du! Sag mal, was hast du jetzt angestellt.«

Janine warf mir einen schuldbewussten Blick zu. Dann krabbelte sie zu mir. Sie versuchte mich zu umarmen und sagte leise: »Entschuldige, dass ich dich allein gelassen habe. Hast du dich sehr gefürchtet?«

Als wir nach Hause zurückkehrten, stand meine Zimmertür offen. Auf dem Bett lagen die Dicke und Vika. Sie waren zurückgekommen.

Die Dicke hatte die Prüfungen natürlich mit Bravour bestanden. Was Vika gemacht hat, weiß ich nicht. Die Dicke sagte, die solle sich doch ins Knie f... und noch weitere Sachen, allerdings noch schlimmere, die schreibe ich hier lieber nicht.

Janine sprach nicht mit mir. Sie schaute mich nicht mal mehr an. Drei Tage später jedoch, als sie mit ihrer Mutter nach Moskau fahren sollte, kam sie zu meinem Zimmer und stellte sich in die Tür. Sie hatte eine neue Jacke an.

»Was gibt's, Janina?«

»Nichts. Arbeite weiter.«

»Hast du eine neue Jacke an?«

»Ja.«

Ich fühlte mich wie eine Idiotin. Ich war eine.

»Weißt du was?«, sagte sie beim Hinausgehen.

»Was denn?«

»Ich kann besser Englisch.«

Alle können besser Englisch als ich.

Dombrowsky

Wir waren zu fünft: Lisa aus Schweden, Katrin aus Deutschland, Fabian, ein Deutsch-Türke, Dombrowsky aus Polen und ich, Georgierin.

»Eigentlich heiße ich nicht Dombrowsky, sondern Dombrowska. Bloß wollen die hier nicht verstehen, dass Vater und Tochter verschiedene Namen haben können. Für sie ist ein i oder a am Ende ein großer Unterschied. Also stellen sie uns der Einfachheit halber allen ein y ans Ende.«

Unser Chef, Erik, ein in den USA aufgewachsener deutscher Jude, war ein sehr verschlagener, gemeiner Typ. Er bezahlte uns zwar gut, aber dafür schufteten wir auch. Die einzige, die ihn im Griff hatte, war die winzige, magere Dombrowsky. Und wie sie ihn im Griff hatte! Manchmal tat mir der arme Erik sogar leid.

»In Ihrem Alter, mein Herr, sollte man keine Kongresse organisieren, sondern ans Altersheim denken.«

Erik wurde wütend, sagte aber nichts, sondern ging hinaus und schlug die Tür hinter sich zu, rums! die unsere, rums! die seines Büros. Die Arbeit zu verlieren war das letzte, was ich wollte.

»Leck mich«, murmelte Dombrowsky und starrte wieder in ihren Computer. »Keine Sorge, gleich kommt er wieder, ganz brav, und bringt uns Kaffee.«

Fünf Minuten später hörten wir ihn an der Tür:

»Du da ... Georgierin, mach mir mal die Tür auf!«

Wie mit dem a von Dombrowska gab er sich keine Mühe, meinen komplizierten Namen im Kopf zu behalten. Er hielt drei Tassen in den Händen und mit dem kleinen Finger noch die Zuckerdose. Er wusste ganz genau, dass wir den Kaffee ohne Zucker tranken, aber er machte sich Umstände und kroch Dombrowsky in den Arsch.

»Wenn du Aussicht auf einen Arbeitsvertrag hast«, hatte mich Dombrowsky belehrt, »sag ihm, dass du nicht vorhast zu heiraten. Du kannst ihm einfach sagen, dass du Männer verabscheust, aber sag nicht, du seist Lesbe. Das wird er nicht verstehen. Sag ihm, du hattest dein Leben lang Pech mit Männern, hast dauernd Stress mit denen und so und deshalb sei die Arbeit für dich die Hauptsache.«

Das verstand ich nicht.

»Am Anfang hab ich es auch nicht verstanden. Dieses Land ist Scheiße. Wenn du als Angestellte schwanger wirst, muss er dich weiter bezahlen, auch wenn du nicht arbeitest. Das passt ihm natürlich nicht. Deshalb wird er versuchen herauszufinden, was du vorhast. Du musst ihm weismachen, dass du Männer verabscheust.«

Dombrowsky hatte seit 14 Jahren selbst einen Freund und wollte ihn jetzt heiraten.

»Gerade darum hat er mich angestellt, weil ich schon seit hundert Jahren einen Freund habe, der mich seit hundert Jahren nicht heiratet. Außerdem sieht er weit besser aus als ich, ist Deutscher und Professor. Er dachte, der wird die nie heiraten, und war beruhigt. Hast du so einen? Nein. Also mach's so, wie ich gesagt hab.«

Ich machte immer alles so wie Dombrowsky mir sagte und hatte nie Grund zur Klage. Nur in Sachen Essen lagen wir nicht auf einer Wellenlänge. Einmal war ich so dumm und kaufte auf ihre Empfehlung hin einen Kuchen. Der war das Schlimmste, was ich je in meinem Leben gegessen habe.

Dombrowsky trug jahrein, jahraus dieselbe Jeans. Nur wenn sie sich mit ihrem Freund traf, zog sie was anderes an. Dann kam sie im kurzen Rock, bunten Strümpfen und

Pumps zur Arbeit. Einmal sagte ich zu ihr: Jeans stehen dir besser. Sie meinte: Ich weiß. Er mag es aber nun mal so, was soll ich machen. Er sagt, mit Rock siehst du aus wie Jane Birkin. Dombrowsky hatte dünne, krumme Beine.

Mir gefiel sie in Jeans besser. Wenn ich an sie zurückdenke, sehe ich sie mit ihren festen, faustgroßen Pobacken auf der Bank sitzen. Dombrowsky hatte wunderschöne Augen.

Fabian, der Deutschtürke, war unsterblich in Dombrowsky verliebt. So sehr, dass er in allem mit ihr einig war und nicht nur die Arbeitszeit mit ihr verbrachte, er mietete mit ihr zusammen sogar eine Wohnung: Die zwei Zimmer rechts gehörten Dombrowsky, die auf der linken Seite Fabian. Seit Fabian mit Dombrowsky zusammen wohnte, hatte er keine Frau mehr gehabt – das hat er mir selbst erzählt, in der Küche der besagten Wohnung.

An der Wand hingen Fabians Besitztümer – ein großes Portrait von Che Guevara und ein ziemlich schlecht gezeichnetes von Dombrowsky. Fabian kochte Spaghetti und öffnete eine Flasche scheußlichen nordafrikanischen Wein. Dann platzte es aus ihm heraus:

»Ich mag blonde Frauen. Große Frauen. Ich bin halt Türke und mag Frauen wie Pamela Anderson. Frauen, flach wie ein Brett wie du und Dombrowsky, die haben mir noch nie gefallen.«

»Danke, Fabian.«

»Ich wollte dich nicht beleidigen. Du brauchst dich nicht angegriffen zu fühlen. Irgendeinem Deutschen wirst du schon noch gefallen, einem wie Dombrowskys Professor.«

»Danke, Fabian.« Diesmal meinte ich es ernst, der Professor war schließlich ein sehr angenehmer Mann.

»Klar, solche Männer gefallen dir. Dombrowsky auch. Ich bin verrückt nach Dombrowsky. Seit fünf Jahren. Seit ihrem ersten Tag in Eriks Firma. Sie kam sich wohl sehr hübsch vor, trug diese Jeans und eine weiße Bluse. Eine Seidenbluse, stell dir das mal vor!«

Ich war verwirrt. Auch ich trug manchmal Seidenblusen. Was hatte er gegen Seidenblusen?

»Wenn man eine Seidenbluse anhat, noch dazu eine weiße, sollte man keinen roten BH drunter tragen. Besonders wenn man keinen Busen hat. Glaub mir.«

Wie charmant!

Dombrowsky interessierte sowas gar nicht. Sie interessierte Geld. In ihrem Zimmer hatte sie ein Portrait von Coco Chanel an die Wand gepinnt. Für Dombrowsky war Coco die tollste Frau der Welt.

»Coco sagt: ›Geld reizt mich nicht, mich reizt die Freiheit, die ich mit Geld kaufen kann.‹ Ist das nicht toll?«

Dombrowsky war im sozialistischen Polen aufgewachsen, in einem Dorf namens Mikołajki. Im Vergleich dazu ist mein Heimatort Miami Beach. Ihr Vater züchtete Kaninchen. Dombrowsky konnte nur eine einzige Sprache, Polnisch, und selbst diese schlecht, weil sie keine Bücher las und nicht einmal fernsehen konnte. Der einzige Fernseher im Dorf gehörte nämlich einer Frau, mit der sich Dombrowskys Mutter zerstritten hatte. Als Dombrowsky die Schule abgeschlossen hatte, versammelte sich die Familie und hielt Rat. Danach, das hatte Dombrowsky uns erzählt, rief ihr Vater sie zu sich und sagte:

»Pani Dombrowska, wir haben beschlossen, dass du weggehen sollst.« Die Dombrowskys sammelten Geld und schickten den besten Spross der Familie zum Studieren nach Deutschland.

In der Stadt, in der Dombrowsky landete, hätten selbst die subversivsten georgischen Emigranten nicht leben wollen. Laut Dombrowsky war der Ort »am Arsch der Welt«. Sie kümmerte sich um ein ungezogenes Kind und lernte Deutsch. Dann zog sie in eine größere Stadt und schrieb sich für ein Kunststudium ein. Malen konnte sie zwar nicht besonders gut, alles andere aber auch nicht, sie sagte immer, sie habe zwei linke Hände. Immerhin lernte sie dort ihren Professor kennen.

»Ich weiß, warum der Arsch so auf sie abgefahren ist«, erzählte Fabian. »Weil es in diesem Scheißland keine Jungfrauen gibt. Dieser Arsch. Hat dem Mädchen das ganze Leben verpfuscht.«

Dombrowskys Leben sah eigentlich gar nicht verpfuscht aus. Während Fabian und ich nordafrikanischen Wein tranken, saß sie beim Schneider und ließ sich ein Hochzeitskleid nähen.

»Ja, jetzt will er sie natürlich heiraten. Weil er alt wird und weil er in Australien keine neue Dombrowsky finden würde. Dieser Arsch.«

Am Tag vor der Hochzeit ging der arme Fabian zum traditionellen »Junggesellenabschied« und mich holte Dombrowsky mit dem Fahrrad ab, denn die Frauen feiern unter sich. Unterwegs geriet sie mit dem Rad in die Straßenbahngleise und wir stürzten, das Fahrrad mitsamt Dombrowsky auf mich drauf. »Du Arme«, jammerte Dombrowsy, »du Ärmste«, und klopfte den Schmutz abwechselnd mal von ihrer, mal von meiner Jeans ab. Solche Missgeschicke passierten ihr ständig mit mir: Einmal übergoss sie mich mit Kaffee, zweimal machten wir das Auto kaputt, und als sie mir beim Renovieren meiner Wohnung half, schüttete sie mir einen Eimer Leim über den Kopf. Gott sei Dank war es sowjetischer »Mehlkleister« und ich musste mir das Haar nicht abrasieren.

In jener Nacht war Dombrowsky stockbetrunken, sie stellte sich auf den Tisch, sang *Jeszcze Polska nie zginęła* und schwor, dass sie nach der Hochzeit fremdgehen würde.

Dombrowsky war eine wunderschöne Braut. Die allerschönste. Wir feierten auf einer Insel im See. Fabian übernachtete dort, weil keine Fähre mehr fuhr; die Braut hatte ein Hotelzimmer für ihn reserviert. Erik blieb auch, trank russischen Wodka und weinte über den Verlust seiner Mitarbeiterin. Als Dombrowsky den Blumenstrauß warf, fing ich ihn auf – zumindest darin bin ich besser als die deutschen Frauen.

Die Mutter des Professors trug ein rosarotes, durchsichtiges Kleid und man konnte ihren roten BH sehen. Ich suchte Fabians Blick. »Was schaust du mich an, siehst du nicht, was sie für einen Busen hat?« Der arme Fabian.

Zur Hochzeit waren auch Polen gekommen. Der einzige Dombrowski, der Deutsch konnte, bat um Aufmerksamkeit und erhob das Glas.

»Pani Dombrowska«, begann er. »Jetzt wirst du in ein sehr fernes Land fahren. Wenn du dort ankommst, wird man dich bestimmt fragen, wo du herkommst. Wenn du sagst, wie deine Heimat heißt, kann es sein, dass sie das nicht kennen. Darum sag's ihnen so: Ich komme aus einem Land, wo Kinder tagsüber laut sein und Hunde nachts bellen dürfen; ich komme aus einem Land, wo die Alten den Enkeln in den Hinterhöfen ihre Liebesgeschichten erzählen. Ich komme aus einem Land, wo die Störche mit ihrem Geklapper den Frühling begrüßen und der Mond den Wanderern im Winter den Weg beleuchtet. Dann werden alle verstehen, dass du aus Mikołajki kommst.«

Seitdem sind viele Jahre vergangen. Ich habe große Sehnsucht nach Pani Dombrowska.

Warten auf die Barbaren

Die »Barbaren-Theorie« verdanke ich einem befreundeten Maler, dessen Traum vom Berühmtwerden in elitären Kreisen Wirklichkeit geworden war. Seiner Theorie zufolge standen den »Tbilissern« schwere Zeiten bevor – ihre Häuser, gewohnte Lebensumgebung und Wertvorstellungen sind der mutwilligen Zerstörung durch neue Menschen preisgegeben, es wird ihnen langsam aber sicher die »Städtischkeit« genommen, und bald wird die Bezeichnung »Tbilisser« dasselbe bedeuten wie der »letzte (oder vorletzte) Mohikaner«.

Den ersten Schock bekamen die Tbilisser im so genannten »Tbilissi-Krieg« – wegen der Zelte. Aber es waren nicht allein die Zelte, die schmutzigen Unterhemden und der Geruch nach Borschtsch und Kloake, der dem »Haus des Malers« entströmte, sondern auch die seltsamen Leute, die zu dieser Zeit auf der Hauptstraße auftauchten. Woher sie gekommen waren, wer sie waren, was sie hier wollten – weiß der Geier, sie verschwanden ebenso unerwartet wie sie aufgetaucht waren. Die Stadt atmete erleichtert auf, völlig zu Unrecht – von den Leuten ging überhaupt keine Gefahr aus, außerdem waren die Tbilisser auch nicht besser und dementsprechend fielen sie unter ihnen gar nicht weiter auf.

Der eigentliche Feind tauchte erst danach auf, nachdem sich der Flohmarkt mit Meißner Porzellan und silbernen Zuckerdosen aus den Tbilisser Haushalten gefüllt hatte.

Und überhaupt, was ist ein »Tbilisser«? Ein Tbilisser war zum Beispiel Onkel Schora aus dem Wera-Viertel, sein Vater hatte eine »Saposchnja« – eine Schusterei – an der Ziegelfabrik in der heutigen Belinki-Straße. Von der Größe her brachte er es ungefähr auf anderthalb Meter, er hatte O-Beine und sagenhaft lange, vom »Astoria«-Zigaretten-Qualmen vergilbte Finger.

Onkel Schora liebte Stalin. Wenn man ein gutes Wort über sein Idol fallen ließ, warf er den Kopf zurück, streckte den Finger empor und sprach in seinem russisch-georgischen Kauderwelsch zu sich selbst: »On snal – er hatte es drauf, Junge!« Über die Ära Stalins erzählte er, dass damals noch »Ordnung herrschte – und so weiter und so weiter –, immerhin sah ein Mann noch aus wie ein Mann, eine Frau wie eine Frau; geh doch heutzutage mal auf die Straße und schau, was da abgeht.« Jeder seiner Phrasen ließ er ein »Lass dir das von mir gesagt sein« folgen.

Seinerzeit war er Chauffeur gewesen, kutschierte den Minister herum. Dann arbeitete er nicht mehr und zu Hause wurde nur noch gestritten. »Komm in die Puschen!« »Hey, ich bin ein Arbeitstier. Wenn du mir sagst, was zu tun ist, tu ich es.«

In den letzten Jahren ging er nicht mehr auf die Straße, er stellte sich vor die Tür, und so, wie die Schwarzen bei den Gangsta-Raps herumfuchteln, so fuchtelte er mit seinem endlos langen Finger herum: »Damals, Junge, lass dir das gesagt sein, schälte ich hier eine Gurke und der Geruch hing dort«, er zeigte mit dem Finger in die Ferne. »Es herrschte Ordnung. Damals gab es die ›Aufenthaltserlaubnis‹, wer hielt den Bauern schon in der Stadt.« Danach richtete er sich an den unsichtbaren Bauern: »Komm her, treibe Handel, aber nach sechs Uhr, ohne Aufenthaltsgenehmigung – mach dich lieber vom Acker.« Er fuchtelte mit der Hand herum. »Wer hielt den Bauern in der Stadt, Mann. Wenn *der* dann nicht gekommen wäre, der Verräter« – er erwähnte Chruschtschows Namen mit keiner

Silbe, so sehr hasste er ihn – »nun, der hat mit seinem »Dvornik«-Besen so viel Staub aufgewirbelt, dass die Stadt seitdem nicht mehr atmen kann, lass dir das gesagt sein!«

Onkel Schora war sich sicher, dass die »Poluintelligenti« – die Halbintelligenten – die Schlimmsten seien. »Denen reicht kein Bohnenbrei zum Sattwerden. Die wischen sich noch mit Blättern den Hintern ab. Die Dorftrottel, wenn du ihnen eine Fünfraumwohnung geben würdest, würden sie kommen und dir ein Plumpsklo vor die Nase bauen.«

»Dann kam noch dieser Swiad«, setze er seine Ausführungen fort, »und zu mir hat er gesagt: Armenier, hau ab! Wieso hätte ich denn abhauen sollen, ich bin schließlich die neunte Generation in der Stadt. Glaubst du, ich sei erst gestern angekommen? Würdest du etwa zu mir sagen, hau ab? Frag auf dem Elia rum, wer Schora ist, dort wissen sie Bescheid. Jetzt ist *Meeting*, so'n Zeugs, brauch ich nicht zu sehen; mach, dass du fortkommst.«

Noch nennen die Tbilisser die Neuen, die von Onkel Schora gehassten Halbintelligenten »Goi«. Damit grenzen sie sich ab. Aber die Barbaren dringen immer weiter ein.

Kommen wir zu einer besonders für Männer schmerzhaften Tatsache: Die Frauen der Barbaren sind viel hübscher. Sie trainieren, tragen schöne, teure Kleider; insgesamt ist das eine anziehendere Gesellschaft als jene an den Wühltischen; zweitere ist eine aus Lebensmittelläden strömende, dem Sammeltaxi hinterherrennende, mit Zellulitis, aber ›großem Intellekt‹ ausgestattete Masse.

Völlig klar auch, dass die Barbarenfrauen sich nicht für die Tbilisser (Zitat) »schlafmützigen Jungs« interessieren, sie brauchen gesunde Kerle oder, vor Snobismus strotzend ausgedrückt, muskulöse und geistreiche Mannsbilder; bloß, wozu die altehrwürdigen Tbiliser ihre ›klugen

Köpfe‹ benutzen, steht in den Sternen: »Wenn du so schlau bist, warum bist du dann arm?«

Die Kinder der Barbaren bekommen die beste Ausbildung. So sehr die intelligenten Mamis auch boshaft auf die Solarium gebräunten langen Beine der Barbarenfrauen schauen (erneut Zitat: »Die sind von der Strahlung so lang geworden, daran ist nur Tschernobyl schuld«), ihre Kinder kommen an die Barbarenbrut trotzdem nicht heran, die lernt sehr viel besser und hat seltener Schnupfen und Angina. Richtige Lebenskünstler sind das.

Der bedauernswerte Tbilisser tut so, als wäre es verwerflich, in einem guten Auto zu sitzen (weil er selbst keines besitzt), außerdem muss er in einem heruntergekommenen Haus in einem alten Viertel wohnen. In letzter Zeit bevölkert er auch irgendwelche Bezirke von Rmaghele und Gldani, haust in Eckwohnungen im achten Stock, hat versucht, mit einem Eier-»Business« reich zu werden, obwohl er wusste, dass er nichts schafft, na, und wenn schon?! Dafür steht bei ihm zuhause ein Balantschiwadse-Flügel oder er hat einen Tekkiner-Teppich daliegen (ein Ladenhüter, aber das würde er niemals laut sagen). Er ist empört, wenn Dummköpfe an die Macht kommen, Journalisten unbelesen sind, Straßenhunde abgeschlachtet werden, und abends erdrückt ihn bei Radio »Fortuna« und billigem Schnaps der Kummer über seinesgleichen. Der Barbar hingegen trinkt keinen billigen Schnaps, er nimmt sich lieber in Acht. Er raucht keine Ein-Lari-Zigaretten, will das Rauchen sogar grundsätzlich aufgeben.

Der Tbilisser liebt die Vergangenheit. Nicht unbedingt das alte Tbilissi, das er kaum noch erlebt hat, eher jene Zeit, als er von einem Wissenschaftlergehalt hervorragend leben und dreimal pro Woche nach Moskau fliegen konnte. Moskau und die Sowjetunion sind seine heimliche große Liebe, aber darüber spricht er nicht, erinnert sich nur dunkel daran. Er glaubt, wer kein Russisch kann, ist kein Mann – nun, in welcher Sprache liest man die Klassiker?

Der Barbar kann kein Russisch, liest keine Klassiker und fühlt sich trotzdem großartig in seiner Haut, zumindest besser als der Tbilisser. Seine Kinder werden Russisch lernen, auf Wunsch auch Suaheli. Der Barbar orientiert sich nicht an der Vergangenheit, er strebt nach der Zukunft. Deshalb gehört ihm die Zukunft und nicht unseren geliebten Männern, die zerlumpt, in ehemals teuren Hosen und mit traurigen Augen durch die Straßen der Stadt schleichen und trotzdem deren Gesicht prägen.

Es besteht die leise Hoffnung, dass sie uns noch wenigstens vierzig Jahre erhalten bleiben und ich ihr Verschwinden nicht miterleben muss.

Es regnet

Ein Junge springt in den Pfützen herum. »Wie lange regnet es schon?«, fragt ein Tourist. »Woher soll ich das wissen?«, antwortet der Junge. »Ich bin ja erst sieben.«

−1−

Es war der ungefähr hundertste Fluss, zu dem ich hinunterschaute. Eigentlich schön. Als ich über die Brücke lief, sah ich unten im Park einen Springbrunnen mit Poseidon oder so was Ähnlichem. Trotz des Regens konnte man ihn geräuschvoll vor sich hinplätschern hören, und ich dachte, ich setz mich vor dem Kino ein Weilchen dort hin. Es war zwar alles nassgeregnet, aber ich hatte ja meinen Rucksack, auf den ich mich setzen konnte.

Daraus wurde nichts. Am Springbrunnen saß schon jemand, ein Paar, das Mädchen blond und maskulin, der Junge grazil. Sie küssten sich mit solcher Hingabe, dass ich mich nicht daneben setzen wollte. Wer weiß, vielleicht würden sie sich genieren. Ist doch schön. In meiner Stadt wird nämlich nicht geküsst, außer von betrunkenen Männern, wahrscheinlich liebt niemand niemanden.

Am Springbrunnen konnte ich mich also nicht hinsetzen, ich spazierte am Ufer entlang, doch dann hatte ich genug davon und lehnte mich an die Brüstung. Von hier aus hatte ich die Turmuhr im Blick und würde mich nicht verspäten. Da stehe ich also und schaue ins Wasser. Der Fußweg ist nass, mit grünen Blättern und rosafarbenen, sehr zarten Blüten bedeckt. Der Fluss ist grün, die Allee ist grün und auch die Kuppel der großen Kirche, alles hat verschiedene Grüntöne. Die Sonne ist schon weg, bald wird es dunkel.

Es hat wieder angefangen zu regnen. Ganz erträglicher Nieselregen. Wie ich da so in der grünen Allee am Flussufer stehe, kommen zwei Enten angeschwommen. Hübsch seid ihr, aber leider hab ich nichts zum Futtern dabei. Und weg sind sie.

Jedes Mal, wenn ich zum Springbrunnen rüberschaue, küssen sie sich. Leute, es regnet doch! Manche haben wirklich Nerven.

»Gibt's hier was zu sehen?«

Schon gut, Opa, geh weiter. Du siehst doch, es regnet.

»Weiß nicht«, sage ich lächelnd, »schöner Ausblick.«

Er lächelt zurück, mit künstlichem Gebiss natürlich, neue Zähne wachsen ihm in dem Alter ja keine mehr. An seinem Hut stecken Federn, wahrscheinlich Entenfedern.

»Immer allein, immer allein ...«

Das regt mich auf. Opi, wo warst du 1943? Aber ich hab keine Lust zu reden und komme mir idiotisch vor, was kann denn der Großvater dafür? Also grinse ich und frage: »Sonst noch was?«

»Nein.« Er ist beleidigt. »Schönen Abend noch.«

»Danke.«

Es gab einmal einen Mann, ich weiß nicht, wie ich ihn nennen soll, weder Liebhaber noch Freund, einfach ein netter Typ. Er sagte bei jeder Gelegenheit: »Immer nach Hause, immer nach Hause«, sah mich gedankenverloren an und fügte hinzu »Novalis.«

Das weiß sogar ich, aber was soll's. Ich stehe hier am ungefähr hundertsten Fluss und schaue ins Wasser, bis es Zeit für das Kino ist, lasse mich nassregnen und ärgere mich über einen Opa, der alberne Federn am Hut trägt und seines Weges geht. Hoffentlich ins Altersheim. Da gehört er hin.

–2–

Frau Maria und ich sitzen auf der Veranda und trinken Kaffee. Frau Maria ist wie immer wunderschön, sie sieht Greta Garbo ähnlich und kleidet sich auch so. Ich liebe sie sehr, und sie betont öfters, dass sie mich auch gerne mag.

Wie es sich für ein anständiges Gartenfrühstück gehört, bedeckt ein Tischtuch mit Blümchenmuster den Tisch. Auf dem Tisch steht auch ein kleiner Blumenstrauß, ich kenne sogar den Namen der Blumen – Primeln. Alles schmeckt köstlich, nur der Kaffee ist unglaublich dünn: Frau Maria ist sehr um unser beider Gesundheit bemüht.

Gesundheitsfragen interessieren Frau Maria besonders. Überhaupt interessiert sie sich eigentlich nur für zwei Themen: Gesundheit und Religion. Vor kurzem hat sie herausgefunden, dass Gott existiert, und seither hat sie keine Ruhe, geht jede freie Minute in die Kirche und hört sich Predigten an.

Auch jetzt erzählt sie, was ihr ein wohlgenährter Pfarrer gestern gepredigt hat. Eigentlich wollte sie mir das gestern schon erzählen, aber ich kam erst spät nach Hause, sehr schlecht für die Gesundheit, da ich mindestens acht Stunden schlafen sollte, wenn ich mal so alt werden will wie sie. Klar will ich das, warum auch nicht?

Frau Maria streicht Honig auf ein Brötchen, schön säuberlich und akkurat. An einem ihrer von der Polyarthritis völlig krummen Finger glänzt ein riesiger blauer Saphir. Dass sie an Polyarthritis leidet, hat sie mir selbst gesagt, woher sollte ich das sonst wissen, ich dachte, in dem Alter sind sowieso alle Leute krumm.

Ihre Augen sind blau und sorglos. Sie schaut mich an, wendet den Blick nicht von mir ab. Auch jetzt nicht, während sie Honig auf das Brötchen streicht, aber das stört mich nicht, sie hat gütige Augen.

Sie leckt sich mit listiger Miene die Lippen. Irgendwas brennt ihr auf der Seele. Nun sag schon, Frau Maria!

»Hör mal ...«

»Ja bitte?«

»Warst du gestern mit einem Mann zusammen?«

Kaum zu glauben. Ich nicke und lächle. Wie eine einfältige Chinesin.

Sie legt das Messer beiseite.

»Einem von eurer Seite?«

Ich lächle: »Nein, einem von eurer.«

»Schade«, sagt sie und beißt in ihr Brötchen. »Ich hatte mal einen von eurer Seite.«

Oho!

»Nach dem Krieg. Sie waren zu sechst und wohnten bei mir. Einer von ihnen war von eurer Seite. Er hat mir immer Wasser geholt. Ein guter Junge. Oh Gott, hat der mich gef...«

Sie hat das Wort ausgesprochen, ich schwör's!

»Ja, er hat mich gef...« Sie schaut mich mit ihren himmelblauen, ehrlichen Augen an. »Was sonst? Sie haben mich alle gef...«

Frau Maria kaut auf dem Brötchen herum und lächelt mich an. Sie hat sie ja wohl nicht mehr alle!

»Jawohl, mein Mädchen, sie haben mich gef...!« Und macht dabei auch noch diese unanständige Geste!

Es reicht. Ich hab sie wohl nicht mehr alle.

»Ja, ja« – Frau Maria kichert – »ja ...« und zeigt immer wieder, wie sie es mit ihr getrieben haben.

Über dem Garten schwebt der Duft einer Blume, süß, verlockend. Ich muss an Tschughureti denken, an den Garten der Familie Kurpel, dort blüht auch so ein Busch mit lila und weißen Blüten. Sie abzupflücken war strengstens verboten, ich stellte mich deshalb immer auf die Zehenspitzen und steckte meine Nase hinein.

»Ich geh jetzt, Frau Maria. Heute komm ich früher nach Hause. Vielen Dank für das Frühstück.«
Sie nickt. »Gott behüt' dich.«
»Wiedersehen.« Ich lächle und winke zum Abschied.
»Hör mal ...«
»Ja?«
»Im Eingang steht ein blauer Regenschirm. Nimm ihn mit. Zu dir passt der besser.«
»Danke, Frau Maria.«
»Ja, ja ...«
Interessant wäre zu wissen: Im Vergleich wozu passt der blaue Regenschirm besser zu mir?

–3–

Wäre Marta dagewesen, wäre alles anders gelaufen. Sie hätte mir auf den Kopf zugesagt, dass sich nur Verrückte auf eine einseitige Liebe einlassen. Marta war eine tolle Frau. Sie war die beste Reisegefährtin, die ich je hatte: unbeschwert, verständnisvoll, ging immer ihren eigenen Weg und mir nie auf die Nerven – und ich ihr auch nicht. Wir trafen uns für gewöhnlich bei Toma, die in der Küche für ihren Mann wie immer einen Salat zubereitete, damit er, Gott behüte, nicht an Vitaminmangel litte; wir saßen auf der Veranda und philosophierten. Marta sprudelte sofort los:
»Und wie steht's an der Liebesfront? Wie gehts deinem Sternenjüngelchen? Gibts was Neues?«
Jedes Mal wenn ich mit der unterwürfigen Hausfrau Toma zusammengewesen war, freute ich mich auf Marta.
»Erzähl du mir was, Toma treibt mich noch in den Wahnsinn. Warum kriegt sie nichts auf die Reihe? Was ich ihr auch vorschlage – immer sagt sie, sie hat kein

Geld. Sie kriegt noch Gehalt, Kinder hat sie nicht. Ich hab noch nie gehört, dass jemand nichts für sich ausgibt und das Geld nur für sich spart ...«

»Was weiß ich, sie ist eben ein Dummkopf.«

Es war sehr heiß. Wenn es doch regnen wollte! Wir tranken »Hennessy«, die Flasche hatten wir aus dem Schreibtisch von Tomas Göttergatten stibitzt – die kam uns gerade recht. Marta saß im roten BH auf einem ausgerollten Schlafsack und rauchte irgendwelches Zeug. Der Zeigefinger ihrer rechten Hand war von Geburt an ganz krumm, aber das störte nicht, im Gegenteil – wäre er gerade gewesen, wäre Marta nicht Marta. Ihre Zigarette war sehr dünn, umso mehr fiel der krumme Finger auf. Ich erinnere mich, dass ich fragte:

»Die ist mit Menthol, oder? Kühlt das wirklich?«

»Nein, das verdammte Shampoo auch nicht.«

»Was für ein Shampoo?«

»Mit Menthol. Ich hab in der Werbung gesehen, dass es kühlt und so, und war so dumm, es zu kaufen und mir über den Kopf zu gießen, und dann sind mir Hörner gewachsen ... Und Toma, diese Kuh, sagt, ihre Gefühle für Machuna seien mütterlicher Art. Mal ehrlich, hast du Männern gegenüber manchmal mütterliche Gefühle?«

»Wie soll ich für einen Mann, der mich fickt, mütterliche Gefühle haben?«, fragte ich verblüfft.

»Ödipus!« Marta ereiferte sich. »Du verstehst ja gar nichts. Sie sagt, sie hätte solche Gefühle. Ich schwöre, die meint das ernst. Merkst du nicht, in welcher Welt sie lebt? Siehst du nicht, dass, wenn sie dir Kaffee einschenkt, ihn immer erst selbst probiert: lecker, lecker! Weil sie es bei ihm so macht: Sie schenkt ihm ein, tut Zucker rein, rührt um, lässt ihn ein bisschen abkühlen und dann: lecker, lecker! Einen Schluck für Mama, eine Zigarette für Papa.«

»Ich frag mich, was für Sex die haben, die quälen sich bestimmt damit ab.«

»Wahrscheinlich ist sie noch Jungfrau.«

»Jetzt bist du aber gemein.«

»Toma mit all ihrem Quatsch treibt mich dazu. Bis zur Weißglut. Glaub einer alten Schlampe wie mir: Wenn du heiratest, mach dich nicht zum Deppen. Abwaschen, Kochen und Bügeln von mir aus, aber sobald du ihm Zucker in den Kaffee tust, umrührst, selbst probierst, ob er auch ja nicht zu heiß ist, ihm die Tasse schüchtern an den Computer bringst und ihm sagst, was für ein Genie er doch ist, wird er dich verarschen und obendrein eine Geliebte haben. Weil er dann selbst glaubt, er sei wirklich toll.«

Marta selbst hatte bei ihrem ersten Mann keinen Aufriss gemacht und keinen Kaffee umgerührt, trotzdem hat er sie verlassen und sich eine angelacht, die genau das tat – die nannte ihn ständig »Liebling« und »Herzblatt«. Beim zweiten Mann änderte Marta die Taktik, sie brachte den Kaffee nicht nur an den Computer, nein, sie hätte ihn sogar bis ins Büro gebracht, aber es half alles nichts ... Ich sprach es nicht aus, aber sie schaute mich mit einem Blick an, der mir sagte, dass sie dasselbe dachte. Sie tat mir leid.

In der Theorie weiß ich ja auch, was zu tun ist, aber was nützt's?

Eine Woche nach diesem Gespräch wollten Marta und ich nach Griechenland fahren. Wir hatten die Abreise hinausgezögert, weil wir hofften, Toma ließe sich noch überreden mitzukommen. Es wurde nichts draus: Marta fuhr in derselben Nacht mit 120 Sachen gegen eine Mauer. Es hatte stark geregnet und die nasse Straße spiegelte das Licht, sie konnte nicht mal abbremsen.

»Pjerepedoj – Sumpfhuhn«, sagte Tomas Ehemann auf Russisch und Toma hatte dazu genickt.

Seitdem widern mich die beiden an, und Frauen wie Toma ertrag ich nicht mehr.

–4–

Rina-Schirina kam mir in den Sinn, ich weiß nicht warum. Sie war eine Hure. Eine Woche lang wohnten wir zusammen in einer Pension, sie arbeitete, ich genoss das Leben. Sie erzählte mir Geschichten, eine erstaunlicher als die andere, ganz ruhig und unaufgeregt. Sie rauchte im Bett und aschte auf ihre Brust, sie hatte lauter Narben davon. Anfangs dachte ich, ihre Kunden seien so pervers, aber nein ...

Was sie nicht alles erzählte! Ich amüsierte mich. Rina räkelte sich im Bett, ich saß auf dem Fensterbrett am offenen Fenster, und Rina erzählte und erzählte. Vom Fenster aus konnte man den Hafenlärm hören, manchmal die Rufe des Muezzin, mal hörte ich ein »Haribol«, mal schien es mir ein »Halleluja«. Rina illustrierte jeden ihrer Gedanken mit einer langen, wunderlichen Geschichte, die ich mir ohne Widerspruch anhörte – kurz: Wir hatten beide recht.

»Was verstehst du schon von Männern! Hör zu: Ich kannte mal eine Irotschka aus Leningrad, aus Piter, wie sie sagte. Ich hab sie in Suchumi kennengelernt. Ich machte es zum Broterwerb, sie machte es zum Spaß. Hübsch? Kann ich nicht sagen, blasse Frauen mag ich nicht besonders.

Irotschkas Papa war Professor für irgendwas, frag mich nicht, ich weiß es nicht. Irgendwas mit Ethnodingsbums. Keine Ahnung.

Für die Zeit damals war Irotschka sehr gut angezogen. Klamotten waren für sie kein Problem. Geld hatte sie immer.

Also, eines schönen Tages am Strand, im Café, trifft sie einen Einheimischen, Abchase oder Georgier, keine Ahnung. Langer Nagel am kleinen Finger, stark behaart, Goldring, Khakihose, Nylonsocken – kannst ihn dir vorstellen, ja? Er dachte, er habe sie aufgerissen, Irotschka war anderer Meinung.

Am zweiten Tag erzählte mir Irotschka, sie sei mit ihm in einer Hütte an einem anderen Strand gewesen, und – was für ein Mann!. Ich glaubte ihr sofort. Von Männern verstand sie was und war außerdem ein kluges Mädchen. Ja, und aus Dankbarkeit beschloss Irotschka, sich nur noch für ihn zur Schau zu stellen. Aber, stell dir vor, dieser Abchase oder Georgier, was weiß ich, sagte: ›Nein, mein Kleines, das kommt nicht in Frage.‹ Kannst du dir das vorstellen?

Kurz und gut, Irotschka geht ihres Weges, und nach einiger Zeit – sie war schön braun geworden und so weiter – will sie wieder nach Hause fahren. Vorher macht sie noch einen Stadtbummel, und plötzlich ruft jemand: ›Irotschka!‹ Es war der Abchase oder Georgier, was weiß ich, der aus Suchumi.

Weißes Auto, schwarze Sonnenbrille – alles klar. Fenster runter, Sonnenbrille runter und winkt Irotschka heran. ›Na, Irotschka, wie geht's?‹ Irotschka meint: ›Alles in Ordnung.‹ – ›Na‹, fragt er, ›hattest du Spaß?‹ – Irotschka meint: ›Klar.‹ Und da fährt der Typ das Autofenster hoch, wie im Film, und klemmt Irotschkas Kopf ein. Irotschka fängt erst an zu kichern – ›Lass das, du Fiesling‹ – er sagt: ›Du hattest also Spaß, du Hure?‹ Irotschka sagt: ›Lass mich los, du Arsch.‹ Saublöde Situation, was?

Nun, der Goldjunge steigt aus dem Auto, stellt sich hinter unsere Irotschka und ... – was soll ich sagen? Echt krass.

Natürlich hat er sie danach gehen lassen. Also, an dem Tag ist Irotschka nicht mehr nach Hause geflogen, auch am nächsten nicht, aber dann hat sie den Abchasen oder Georgier oder was immer er auch war nach Leningrad, pardon, nach Piter zu Papa Professor mitgenommen, mit all seinen Krallen und Ringen und Brusthaaren. Na, was hältst du davon? Sie hat ihn geheiratet. Kannst dir bestimmt vorstellen, was er alles mit ihr gemacht hat.

Ja, und geprügelt hat er sie auch tüchtig. Das weiß ich genau. Wegen ihrer Vergangenheit. Hat sie tüchtig weichgeklopft. Aber sie hat alles ertragen, sie ertrug es oder ihr machte es nichts aus, wer weiß.

Dann griff sich der Abchase oder Geogier oder was auch immer Irotschkas Mutter. Nein, sie hat er nicht geschlagen, die Frau war sehr zufrieden. Kein Wunder, stell dir vor: da ihr Professorengatte mit Ziegenbärtchen und dort der ... Aber als er sich dann auch noch Irotschkas Schwester vornahm, wurde Irotschka eifersüchtig und zeigte ihn bei der Polizei an.

Kurz, sie ließen sich scheiden. Ich weiß nicht, wer nun wo ist. Und du willst behaupten, Georgier seien als Liebhaber nichts wert? Na gut, vielleicht war er auch Abchase ...«

Ja, so eine war Rina oder Schirina – ich weiß eigentlich gar nicht, wie sie wirklich hieß, sie hat mir ihren Pass nie gezeigt. Ziemlich verrückte Frau. In der Stadt, wo wir waren, kriegte eine Woche nach meiner Ankunft eine Prostituierte ein Kind, und Rina hat es adoptiert. Wozu, weiß ich nicht. Es tat ihr leid, sie meinte, im Waisenhaus würde es sterben. Sie hat jemanden bestochen oder so. Am Tag, als sie es zu sich holte, lud sie mich in ihr Zimmer ein und zeigte mir das Baby. So ein kleines Würmchen hatte ich noch nie gesehen, winzig, schwarz, kümmerlich.

»Ich werd ihn Nadir nennen, so hieß mein Vater, Gott hab ihn selig.« Sie lag wieder auf meinem Bett, meinte, wo das Kind schläft, dürfe man nicht rauchen und dass man bei Regen das Fenster nicht öffnen soll. Ihr kleiner Hurensohn machte mir das Leben schwer: Ich fror und mein Bett war voller Asche.

»Meine Mutter hieß Schirina und ich heiße auch so, aber die Ärsche hier dürfen den Namen nicht in den Mund nehmen. Für die bin ich Rina und fertig.

Nur einer hat mich je Schirina genannt, ein guter Junge. Damals lebte ich anderthalb Jahre wie im Kloster. Es war super. Ist noch gar nicht so lange her. Wie? Einfach so: In einem Klub wurde mir ein Junge vorgestellt, jemand so Gutaussehendes hab ich mein Lebtag nicht gesehen. Wunderschöner Mann. Aber das ist ja nicht die Hauptsache. Schöne Männer hatte ich schon immer. Kannst du dir nicht vorstellen, was? Aber so war's, ein schöner Mann war kein Wunder für mich. Nur, dieser Junge war irgendwie anders, ich weiß nicht, wie ich's sagen soll, edel. Was lachst du? War er wirklich. Wir haben kaum miteinander gesprochen damals, einer hat ihn mir vorgestellt, er lud mich auf einen Kaffee ein und Schluss. Wegen diesem Jungen habe ich wie eine Nonne gelebt.

Dabei dachte ich kaum an sowas. Ein-, zweimal haben wir wegen etwas Geschäftlichem miteinander telefoniert, das war's. Ich war ganz allein, aber es machte mir nichts aus. Es war mir egal, ob ich allein war oder sonstwas. Ich hab diesen Jungen geliebt. Genau, wie eine Jungfrau ... Ich dachte, für den großen Sex bin ich schon zu alt, und wenn ich's nicht mehr aushalte, hat mich ja noch keiner von der Bettkante gestoßen. Noch fünf Jahre, und dann wird's mir sowieso völlig schnurz sein.

Manchmal traf ich ihn zufällig, aber, wie gesagt, nichts passierte. Aber dann – und das war wirklich geil – sitze ich eines Abends zuhause und schmier mir Mayonnaise auf den Kopf, du weißt doch, wie weich das Haar davon wird?, und während sie einwirkte, hab ich mir das Gesicht vorgenommen, Pickel ausgedrückt, reinstes Gesichtsharakiri. Ich sitze also da, mit geschwollenem Gesicht, Mayonnaise auf dem Kopf, und da klingelt das Telefon. Der Junge. Lädt mich doch tatsächlich zu einem klassischen Jazzkonzert ein. Ich sage, danke, nein. Den Kopf würde ich ja noch gewaschen kriegen, aber die Visage?

Dann, als sich das Gesicht erholt hatte, am nächsten Abend, hab ich ihn angerufen und wir sind in dieses Jazzkonzert gegangen, denn am nächsten Abend gab's auch Jazz. Ich hasse Jazz.

Als wir das nächste Mal zusammen waren, hat mich irgendetwas Hässliches gebissen oder gestochen, egal, und genau auf die Stelle hat er mich geküsst. Ich musste dann die ganze Nacht weinen. Dieser schöne Junge hat mir total den Kopf verdreht.

Ich weiß nicht, wie lange, aber so waren wir eine ganze Zeit lang befreundet. Er war kein Liebhaber, was ein Liebhaber ist, weiß ich gut genug. Und dann? Schluss. Das war's.

Heilige Madonna! Was brüllst du? Ich komm ja schon!

... wäre damals nur nicht Schluss gewesen. Andererseits, auch kein Problem – statt der großen Liebe hab ich wieder großartigen Sex. Schließlich wollte ich früher auch mal Ballerina werden, und jetzt, schau mich an. Wird schon alles seine Richtigkeit haben – stell dir vor, ich, eine verliebte Balletttänzerin! Blödsinn.

Ja, ich komm ja schon! Siebenmonatskind, das hab ich jetzt davon ...«

Ich erinnere mich sehr deutlich an Rina-Schirina. Eigentlich bin ich ein Schwein. Sie hat mir ihre Telefonnummer gegeben, und nie hab ich sie angerufen. Was wohl aus dem schwarzen Nadir geworden ist?

– 5 –

Hier wohne ich. Ich werde immer hier wohnen. Hier regnet es immer. Angeblich hat es hier schon immer geregnet und wird immer regnen. Am Anfang machte mir das zu schaffen, aber jetzt weiß ich, dass es zumindest gut für die Gesundheit ist. Na bitte, meine Haut ist rein geworden wie bei allen Frauen hier. Nicht nur dank des Regens. Ich rauche auch nicht mehr, weil es immer regnet und alles feucht ist und die Zigaretten schlecht schmecken. Ich trinke nicht mehr, weil es zu teuer ist und mich mein Chef entlassen würde, wenn er es erfährt. Deshalb ist mein Gesicht ganz glatt geworden, ganz weiß, wie die Wände meiner Wohnung. Genau wie in meinem Büro sind auch die Wände meiner Wohnung ganz weiß. Anfangs hatte ich vor, Bilder aufzuhängen, aber dann hab ich das mit dem Bilderkaufen gelassen, weil es draußen regnete. Ich geh ohnehin viel zu Fuß: Am Morgen ins Büro, vom Büro in die Cafeteria, von der Cafeteria nach Hause. Ich trage Gummistiefel, rote, gegen die Langeweile und um etwas Farbe in mein Leben zu bringen.

Im Büro trag ich keine Gummistiefel. Die Straßenschuhe lassen wir beim Pförtner. Sehr praktisch. Musste nur ein Paar Schuhe kaufen und die sind immer noch wie neu. Im Büro brauch ich nicht hin und her zu laufen, ich sitze am Empfang, nehme Anrufe entgegen und stelle durch. Ich muss die Anrufer nur zu drei Personen durchstellen. Die Firma, in der ich arbeite, ist klein.

Die Firma gehört einem russischen Emigranten und produziert Flaschen. Wofür die sind, weiß ich nicht. Das geht mich nichts an, ich bin Sekretärin, sitze am Empfang, beantworte Anrufe und stelle sie zu den gewünschten Personen durch.

Ich lebe also sehr gesund und sparsam.

Ehrlich gesagt, fiel mir das am Anfang schwer. Jetzt weiß ich, dass es mir deshalb schwerfiel, weil ich dachte, ich würde nur vorübergehend hier sein. Seit ich weiß, dass ich für immer hier wohnen werde, bin ich ruhig geworden.

Anfangs machte mir auch die Nachbarin Probleme, denn sie hasst mich. Sie hasst mich, weil ich schwarzes Haar habe und ihre Sprache schlecht spreche. Wenn ich meine Wäsche in der Waschküche zu lange hängen ließ, hat sie sie immer abgenommen und auf den Boden geworfen und am Morgen musste ich dann meine Unterwäsche mit dem Fön trocknen. Deswegen kam ich oft zu spät zur Arbeit. Jetzt nehme ich meine Wäsche rechtzeitig ab, stehe nicht eine halbe, sondern eine ganze Stunde vor Arbeitsbeginn auf. So kann ich alles erledigen, wasche meine Unterwäsche immer gleich und hab deshalb auch immer trockene Sachen zum Anziehen.

Rainer hat mir das alles beigebracht. Rainer ist ein sehr ordnungsliebender Mann. Wir treffen uns immer freitagabends. Besser gesagt, er kommt zu mir, weil es draußen regnet. Und weil der Tee zuhause auch besser ist. So braucht man nicht durch den Regen zu laufen und billiger ist es auch.

Rainer übernachtet freitags immer bei mir, weil wir am Samstag, in der Früh, Sex haben. Sex ist lebenswichtig wie Brot und Wasser. Sagt Rainer. Mir scheint, dass Sex mit Rainer überhaupt nicht lebenswichtig ist, weil er mir egal ist. Aber Rainer sagt, ein Mensch, der keinen Sex hat, wird böse. Deshalb haben wir samstagmorgens immer Sex, dann schläft Rainer ein und ich kümmere mich ums Frühstück.

Zweimal im Monat besuchen wir gewöhnlich Rainers Eltern. Rainers Mutter kocht extra für uns. Bevor wir hingehen, mustert mich Rainer aufmerksam, ob ich auch richtig angezogen bin.

Rainers Mutter macht immer wunderbare Steaks. Ich esse kein Fleisch, nehme nur den Salat. Rainers Mutter sagt, eine Frau, die kein Fleisch isst, kann keine gesunden Kinder gebären. Ich werde sowieso kein Kind gebären, weil Rainer verhütet. Rainers Eltern werde ich das nie sagen, Rainer meint, das dürften sie nicht wissen.

Außer guten Steaks macht Rainers Mutter auch guten Kakao. Ich mag keine Milch, aber alles zu verweigern gehört sich nicht. Also trinke ich Milch mit Kakao und sehe mir mit Rainers Eltern Fotos an: Sie haben mal einen Sommer in Brasilien verbracht, erzählen immer von der Reise und wir müssen uns die Fotos ansehen.

Schon seit langem lebe ich so.

Einmal erzählte mir Rainers Vater, dass es in Brasilien nicht regne und wie gut das sei, aber Rainers Mutter hat es dort nicht gefallen. Rainers Mutter gefalle ich nicht. Sie hasst mich. Sie hasst mich, weil ich schwarzes Haar habe, ihre Sprache schlecht spreche und drei Monate älter bin als Rainer. Sie versteht überhaupt nicht, was für eine Art Beziehung Rainer und ich haben. Wir haben gar keine Beziehung, aber das erzähle ich Rainers Eltern nicht, Rainer sagt, das dürften sie nicht wissen.

An jenem Tag war ebenfalls Freitag, deshalb blieb Rainer über Nacht bei mir und am Morgen hatten wir Sex. Als sich Rainer danach zur Seite drehte, tastete ich mit der Hand unter dem Bett. Dort hatte ich einen großen Stein versteckt. Ich nahm den Stein und schlug ihn Rainer auf den Kopf.

Ich warf meine Gummistiefel aus dem Fenster und ging raus auf die Straße. Es regnete. Ich kaufte eine Schachtel Zigaretten und eine Flasche russischen Wodka. Schachtel und Flasche machte ich gleich im Laden auf, und als ich nach Hause kam, war ich schon ziemlich betrunken.

Ich zog mich aus, setzte mich vor dem Spiegel auf den Boden und trank weiter. Ich dachte an die Chde-Schlucht und dass dort alles sein würde wie immer und wenn ich dort ankäme – bald, sehr bald – würden mich Watsche und unsere verrußte Teekanne erwarten. Dann warf ich die Flasche aus dem Fenster und schlief ein.

Rainer wachte als Erster auf. Er war nicht tot. Er hat mich angezeigt. Niemand konnte für mich einstehen, denn Rainer hatte Beweise: seinen lädierten Kopf und den Stein, den ich ihm auf den Kopf geschlagen hatte.

Der Arzt meinte, ich sei keine Mörderin, sondern eine Verrückte. Ich wurde in die Irrenanstalt eingewiesen.

Nichts hat sich verändert. Wie in meinem Büro und in meiner Wohnung sind auch hier die Wände ganz weiß. Auch hier gibt es wunderbares Steak. Ich esse kein Fleisch, nehme nur den Salat. Aber es gibt einen Unterschied: Ich hab keinen Sex mehr und warte nun darauf, dass ich böse werde. Ich sitze am Fenster und schaue hinaus. Es regnet.

Fremder Mann

Gefallen dir meine Elefanten? Ich mag sie auch sehr. Max hat sie mir geschenkt. Daran kann ich mich noch gut erinnern. Weißt du noch, wie du mich gefragt hast, wen ich lieben würde und du zu mir gesagt hast, erzähl mir die Geschichte von Mann und Frau – ich werde dir Max' Geschichte erzählen. Das war ein toller Mann ... nun, er war nicht – er ist.

Ich habe früher schon gesagt, dass ich nichts mehr hasse als den November. Für sich genommen ist er schon abscheulich, aber dann kommt auch noch der Winter. Kurzum, wenn ich im November sterben würde, wär das für mich wirklich kein Beinbruch. Das hab ich zwar noch nicht vor, aber trotzdem.

Wie ich mich erinnere, habe ich schon immer davon geträumt, im Winter mit irgendeinem Mann etwas anzufangen, und dass nicht unbedingt im November Schluss mit allem ist. Bis heute ist das nicht in Erfüllung gegangen. Wenn der Herbst dem Ende zugeht, ziehe ich wie ein Zugvogel fort ins Warme, und wenn ich es nicht tue, dann tut es der Mann – im November begonnene Beziehungen gehen nie gut aus.

Einer hat mal gesagt, im Novemberschnee sei der Wurm drin. Der Mann hatte Recht. Nun, du wirst schon sehen, wenn wir den November gemeinsam erreichen, wird sich auch in deinem Kopf etwas drehen.

Dieser Max lief mir ausgerechnet im November über den Weg. Manana, die Malaschewskaja und ich saßen in der Küche und warteten, dass Guram Bier heranschaffen und Max, meinen neuen Mieter, mitbringen würde. Mir war gesagt worden, Max sei alt, ein bekannter Maler, zahle mir einen guten Preis und sei in zehn Tagen wieder verschwunden. Die anderen machten sich darüber keinen Kopf. Damals spielte Guram sich vor der Malaschewskaja auf und erzählte ihr dauernd von seinen tollen Heldentaten. Die Malaschewskaja schrammelte auf der Gitarre herum und sang selbstvergessen, und Manana war immer besoffen. Auch jetzt war das so, sie fragte ununterbrochen, wo denn Guram mit dem Bier bliebe.

Endlich kam Guram, brachte Bier mit und hatte Max im Schlepptau. Max stellte sich als ganz und gar nicht alt heraus, er war genau in dem Alter, in dem sie verrückt nach mir sind. Männer dieses Alters – fremdsprachig, dick und reich – sind hin und weg von mir, und keine noch so schöne Frau kann es mit mir aufnehmen. Ich habe es ausprobiert, ich weiß das genau. Der Grund für deren Schwärmerei ist mir zwar bis heute nicht klar, aber für mich war es oft von Nutzen. Diese bezaubernden Opis wollen nur mein Bestes.

Anders als meine bisherigen betagten Verehrer war Max nicht dick. Dafür aber »eine Seele von Mensch«, wie Manana auf Russisch meinte. Recht hatte sie.

An diesem Abend wollte Max auf keinen Fall schlafen. Er trank Bier und musterte mich aufmerksam. Er hatte graue Augen und trug passend dazu graue Kleidung. (Auch die Klamotte, die ich nun Sommers wie Winters anhabe, ist eine von Max, damals war sie unter den Achseln noch nicht zerschlissen.)

Da er mich unverhohlen musterte, starrte ich auch unverschämt zurück. Er fand das sehr lustig.

»Bist du eine Hexe, Kleine?«

»Na, und wenn schon?«, entgegnete ich. Dieser Spitzname blieb mir bis zuletzt, obwohl ich gar nicht klein war, von der Hexe ganz zu schweigen.

Er trank sein Bier aus, ich ging derweil mit der Malaschewskaja raus, sie packte Manana und Guram ins Auto und fuhr mit ihnen weg.

Als ich zurückkam, war Max gerade dabei, den Abwasch zu machen. Was er da tue, fragte ich. Und wenn schon, sagte er. Auch recht. Während Max die Küche aufräumte, ging ich raus und kaufte für ein Heidengeld eine Flasche Grappa.

In dieser Nacht erfuhr ich, dass Max, bevor er ergraute, rothaarig gewesen war, dass er eine Frau und zwei Kinder hat und dass er Tomaten und Käse hasst. Er erfuhr im Gegenzug, dass ich 19 Jahre jünger bin als er, dass mich eine Deutsche aufgezogen hat und dass ich im Winter niemals schlafe. Im Morgengrauen waren wir uns einig, dass es eine gute Sache sei, dass Max gekommen war und bei mir wohnen wird, und wir gingen jeder in sein Bett, weil er früh in die Galerie gehen sollte.

Morgens erwartete mich Max bereits in der Küche. Er war frisch geduscht und verschränkte seine Arme so komisch vor der Brust wie dieser Mister Pitkin aus dem Film.

Auch ich latschte zur Eröffnung der Ausstellung und dachte stolz, was für ein toller Maler er doch ist. Warum ich so stolz war?, keine Ahnung. Max empfing mich, als hätte er ein Leben lang auf mich gewartet. Gefallen dir meine Gemälde?, fragte er. Sehr, sagte ich. Ganz besonders diese Elefanten hier. Max lächelte und erklärte mir, sie seien magisch: Wenn das Glück käme, würde sich der dritte Elefant umdrehen.

Danach verbrachten wir viel Zeit zusammen. Tagsüber streiften wir ziellos durch die Stadt, kauften tausenderlei unnützen Kram auf dem Basar, ab und zu lud man uns auch zu Gelagen ein. Nachts jedoch setzten wir uns in die Küche und redeten und redeten.

Max erzählte Geschichten aus 68 Jahren – eine handelte davon, wie er und seine Frau in Bulgarien verhaftet worden waren, weil seine Frau sich ausgezogen und Sonnen auf die Brüste gemalt hatte. Wir redeten und redeten und hörten nicht eher auf, bis Max sagte: »Ich bin der ältere von uns beiden, glaub mir, jetzt ist Schlafenszeit.«

Am Vortag von Mananas Geburtstag – vorgeblich, um organisatorische Fragen zu klären, aber eigentlich in der Hoffnung, dass ich Geld und Essen springen lassen würde – kamen Guram und die Malaschewskaja. Mit ihnen auch Mischa – sie hatten ihn auf der Straße aufgegabelt und einfach mitgezerrt.

Mischa hatte in meinem Leben eine sehr konkrete Funktion innegehabt – genauso wie ich in seinem. Er ist ein sehr guter Junge, sehr viel jünger als ich und sieht blendend aus, während ich – überreif, krummbeinig und mit einem von Pigmentflecken übersäten Rücken – wahrlich keine Augenweide bin. Zwei Jahre haben wir miteinander verbracht. Im Laufe dieser Zeit habe ich von ihm weder ein zärtliches Wort zu hören bekommen, noch kann ich mich an irgendwelche Geschenke erinnern. Er war ein lustiger Typ, unproblematisch, wir hatten keinerlei Ansprüche aneinander – unter Blinden ist der Einäugige ja bekanntlich König. Kurzum, wir haben einander nicht geliebt, und während er schlief, ging ich manchmal raus in die Küche und weinte – ein Mann seines Alters, was hat *der* denn schon zu weinen?!

Max' Anwesenheit ließ Mischa sich ein wenig unbehaglich fühlen. Er blieb nicht über Nacht, folgte der Malaschewskaja und Guram – wenn der mich früh sieht, schäme ich mich in Grund und Boden, sagte er. Warum ist er gegangen, fragte mich Max. Ich hab ihm berichtet, dass er sich eigentlich ganz gut zu amüsieren schien. Ich wusste aber, dass Max die Last der sexuellen Revolution zu tragen hatte, Mischa hingegen hatte davon keinen blassen Schimmer!

Max schaute mich eine Zeitlang an, dann schenkte er Schnaps ein und fragte mich, ob ich diesen Jungen lieben würde. Nun amüsierte ich mich. Mäxchen, mein liebes Mäxchen, was denkst du nur?!

In dieser Nacht entschieden wir, dass wir nach Kuba gehen würden, davor jedoch noch zu Mananas Geburtstag, und da es unbedingt notwendig war, hat mir Max das Tanzen beigebracht – Cha-Cha-Cha. Max pfiff und ich versuchte es zu einem Lied: »Eins, zwei, cha-cha-cha. So klappt's, ja?«

»Ja, hat alles geklappt«, sagte Max, »sehr gut!«

Dann waren wir in Kiketi, Max schenkte Manana einen Wahnsinnsblumenstrauß und machte ein riesiges Feuer, die Flammen reichten bis in den Himmel, und wir saßen im November kurzärmlig da. Manana trank aus der Flasche und rief zum Himmel: »Hurra!«

»Damals war ich ja so gut, als mir die Haare über die Schultern fielen«, sang Manana, von Guram umschlungen, und die Haare fielen ihr über die Schultern und gut war sie auch.

So war es, und bei der Rückfahrt, reingequetscht ins Auto der Malaschewskaja, tat Max etwas, das mich – Angehörige einer Risikogruppe, Bewohnerin einer Wohngemeinschaft, einstiges Blumenkind – fast zu Tränen rührte: Er legte mir den Arm um die Schultern und küsste mich auf den Rücken.

»Dein Name steht an meinem Zaun...«, sang Schewtschuk einen russischen Rocksong.

»Ich liebe diese Frau!« brüllte Guram ebenfalls auf Russisch, bis zum Bauch aus dem Autofenster herausgelehnt, »Leute, ich liebe diese Frau!«

Ich jedoch war feige, und als wir in die Küche gingen und Max die Flaschen auf dem Tisch zurechtgerückt hatte, sagte ich zu ihm: Max, wenn ich dich jetzt allein lasse, bist du mir doch nicht böse, oder? Und am Morgen komme ich zurück und werde mich dann von dir verabschieden. Er lächelte. Ach, wo denkst du hin, was soll ich sagen, sagte er.

Und ich, Idiotin und feige Socke, ging. Ich ging zur Malaschewskaja, und sie und Guram freuten sich überhaupt nicht, als sie mich sahen. Ich legte mich in der Loggia hin und schämte mich sehr, fror erbärmlich und erging mich in tiefstem Selbstmitleid. Dann hielt ich es nicht mehr aus und kehrte nach Hause zurück.

In der Küche brannte Licht, am Tisch saß Max. Wenn du nicht zu müde bist, lass uns was trinken, wenn du magst, sagte er.

Max erzählte mir von einem kleinen Volksstamm irgendwo im fernen Australien. Wenn dessen Männer von ihrem Dorf in ein anderes gehen, setzen sie sich, bevor sie das andere Dorf betreten, auf einen Stein und verharren solange, bis ihre Seele sie eingeholt hat. »Stell dir mal vor«, sagte Max, »wie lange ich seelenlos sein werde! Wenn meine mich von Tbilissi aus einholen muss ...«

Am nächsten Tag war Max fort und hatte mir diese Elefanten hinterlassen. Seitdem warte ich darauf, dass sich der dritte Elefant umdreht. Um die Wahrheit zu sagen, als du aufgetaucht bist, dachte ich, er würde sich umdrehen. Wie du siehst, hat er es nicht getan. Aber das macht nichts.

Jetzt sag du mal was.

Gute Reise

Maja war zurückgekommen. Nichts hatte sich verändert – sie war wie immer zu spät dran und rannte die letzten zehn Meter bis zum Finish, zu mir. Sie ist eine dumme Frau.

Sie war sehr hübsch geworden – schlank, sie hatte sich neue Klamotten gekauft. Wir beide kratzten unsere letzten sieben Lari zusammen, kauften Bier und Bratkartoffeln. Wir saßen eine ganze Weile. Im Restaurant ließen sie russische Lieder jaulen, irgendwelche Leute klingelten mich an und ich ging nicht ran, Majas Schuhe drückten und sie zog sie aus – alles war so wie damals, im Winter.

Den ganzen Winter lang hatten wir getrunken und dauernd in Schulden gesteckt. Wir aßen Kartoffeln – ein ganzer Sack stand bei mir im Keller. Als der alle war, aßen wir nicht mehr – wir tranken nur noch. Jede Nacht gab es Tränen – mal weinte sie, mal ich, mal wir beide zusammen: Wir zogen herum, machten Dummheiten, riefen uns gegenseitig an, trafen uns, tranken, weinten. Morgens massierten wir unsere Gesichter mit Eiswürfeln wach und versuchten Geld aufzutreiben. In jenem Winter hat jeder uns beleidigt, der nicht faul war; mir gab keiner mein Geld zurück; Maja gingen alle Dinge schief.

Dann hatte sie einen Traum, wir rutschten zusammen in irgendwas rum – im Auswurf, in abgebrannten Kippen, im Dreck, und wir streckten die Hände nacheinander aus. Dann beschimpfte ich meinen Geliebten und bezeichnete meinen Gott als taub; Maja verkaufte das Haus. Ich fand Arbeit, sie ging weg.

Nun sind wir wieder vereint. Ich sag zu ihr, dass ich nie wieder ein kurzes Kleid anziehen werde, weil es mir nicht mehr stünde. Maja sagt zu mir, dass wir ans Meer fahren, ich würde braun werden und bekäme wieder schöne Beine. Ich antworte, wenn jemanden mein Anblick stört, dann könne er ja wegschauen.

Seit Maja weggegangen war, hatte ich mit niemandem mehr ein Wort gewechselt. Auch sie war verstummt, sie kann die dortige Landessprache nicht. Wir beschlossen, ab jetzt unser Leben umzukrempeln, nicht mehr rumzuheulen, nicht mehr zu trinken, sondern ins Bad zu gehen, Sport zu machen und nicht mehr darüber nachzudenken, ob Majas Männer nun im Leichenschau- oder im Irrenhaus landen würden und meine – kurz und schmerzlos – mich einfach nicht mehr lieben.

»Sieh mal, warum sollte man uns auch lieben, kannst du mir das mal erklären?«

Weil wir Goldmädchen sind. Ja, wir haben Schwangerschaftsstreifen und Cellulitis, ein schweres Gemüt, einen widerwärtigen Rausch, na und? Die haben dafür übermäßige Behaarung, überhöhte und ungerechtfertigte Ansprüche, die haben kein Geld, die haben keine Zukunft – »der perspektivische Mann in den Vierzigern«, na, wie klingt das?

Am Morgen erzählte ich Maja, dass ich von jemandem namens Ariel geträumt habe. »Denkst du, es war ein guter Engel oder jemand, der meine Seele holen kommt?«

»Ein guter Engel natürlich – was sonst?!«

Jetzt ist August. In zwei Monaten beginnt der Winter. Im Januar kommt Dato für einen Monat und lässt mich wieder für ein paar Tage vor Glück strahlen. Dann wird es Frühling, Maja geht weg, um ihr Glück zu suchen, und ich finde eine neue Arbeit. Alles wird gut. Was sonst?!

Ivetta

Den Namen dieser Stadt konnte ich mir solange nicht merken, bis man mir erklärte, er bedeute »Salzsee-Stadt«. Eine sehr kleine Stadt genau auf der Grenze zwischen zwei nicht besonders entwickelten Ländern – mal gehörte sie zum einen, mal zum anderen. Die Sprache des einen Landes verstand ich ein bisschen, ich meinte, ich spreche sie sogar, und weil die Leute dieses Landes gut erzogene Menschen sind, sagte keiner, ich solle um Gottes Willen die Klappe halten. In jener Sprache wurde der Gottesdienst in der roten Backsteinkirche mit den großen Fenstern abgehalten, die, neben den Mineralquellen, die Sehenswürdigkeit der Stadt bildete. Wahrscheinlich ärgerten die Mineralquellen beide Staaten, wer braucht ansonsten eine Salzsee-Stadt.

Im Stadtzentrum liegt der Salzsee, in dem Schwäne und Gänse herumschwimmen; und wenn ich in dem zugartigen Haus im Klimatotherapie-Park (ein furchtbarer Ort) das Abendessen fertig hatte, bewirtete ich die ehrwürdige Gesellschaft mit Vika-Viktorias selbstgebackenem Brot, mir brauchte das keiner vor die Nase zu halten, hatte ja keinen Zahn im Mund.

Gewöhnlich bin ich nicht zahnlos, mich hatte bloß eine Zyste oder so was Scheußliches ereilt, und dieser phlegmatische Zahnarzt (»Aufmachen – Zumachen – Ausspucken«) ließ mich einen Monat lang mit abgefeilten Zähnen rumlaufen. Damit konnte ich natürlich nicht kauen, magerte bis auf die Knochen ab und schor mir aus Wut mit dem Rasiermesser den Kopf kahl. Einerseits war das nicht schlimm, so einem Menschen verzeiht man alles, selbst wenn ich auf der Straße kacken würde, hätte keiner ein

Wort darüber verloren; aber ich hatte Schmerzen, auf die ich gut hätte scheißen können.

Damals gab es im Stadtzentrum außer dem Salzsee und der Kirche noch einen Laden, in dem ich während meines gesamten Aufenthalts gern Schuhe kaufen wollte, wusste dann aber gar nicht mehr, was an denen so schön sein sollte, oder warum ich überhaupt in den Laden hineingegangen war; es gab ein Kino, wohin es mich einmal verschlagen hatte und ich mir einen furchtbar blöden Film über eine von den Emanuelas ansah, und ein Café, in dem die Touristen mit ihren Kindern Eis aßen. Das war auch schon alles.

Der Rest der Stadt bestand aus reinlichen Häusern, einem Friedhof mit Engeln und Blumen, einem Fluss, einem Park, einem zweiten See, in dem man baden konnte, und einem Wald – jenseits des Waldes begann ein Sumpf, ein riesiger Sumpf. Ich fand es schade, dass mich niemand begleitete, alleine traute ich mich nämlich nicht dorthin, außerdem kannte ich mich mit Sümpfen nicht aus, was weiß ich... Kurzum, die Sache mit dem Sumpf ist mir bis heute in bitterer Erinnerung geblieben – in diese Stadt komme ich nie wieder, überhaupt habe ich weder Zeit noch Kraft für Sümpfe, was eigentlich schade ist, denn da hätte ich mal einen sehen können.

Im Sommer stellte der Wald einen untrennbaren Teil meines kulturellen Bildungsaufenthalts dar. Der Wald war wunderschön, nun ja, ist er sicher auch noch, nur hat das nichts mehr mit mir zu tun, Nadelwald, auf irgendeine Art durchsichtig. Drei Wege waren für Fahrradfahrer, fünf, zehn und 25 Kilometer lang, einer führte am Ufer des Flusses entlang, in dem sich sogar schon mal ein Regenbogen für mich gespiegelt hatte. Ich wurde vom Regen überrascht, er fing an und hörte und hörte nicht wieder auf, ich war durchweicht bis auf die Knochen; ich erinnere mich, dass ich in diesem brütend heißen Sommer einen vom Heizkörper versengten Pullover trug, das war schon ein doofes Klima ... Der Regen machte mich wahnsinnig, eine Stunde lang klopfte er mir ununterbrochen auf das Schädeldach, ich kam langsam voran, das Fahrrad taugte nichts, »ein Schrotthaufen ohne Bremsen«, wie Ivetta auf Russisch meinte.

Also, Ivetta! Die Protagonistin. Sie kam einen Tag nach mir in der Salzsee-Stadt an, passte gleich auf mich auf. Auch sie war wie ich frühzeitig ergraut und hatte sich glatt rasiert. Sie trug eine ziemlich idiotische Hose, eng wie eine Wurstpelle. Und auch sie war es leid, mit den Eichhörnchen im Park zusammenzuhocken und abends vor dem Schlafengehen spazieren zu gehen. So haben wir einander gefunden. Wobei wir uns nicht in allem einig waren. Sie hasste Fahrräder, ging prinzipiell nicht in die Thermen und konnte nicht mal den See leiden. Sie sagte, er würde stinken und damit hatte sie auch wieder recht.

Aber sie hat die Klavierkonzerte im Garten für uns entdeckt. Die waren toll. Es spielten virtuose Musiker, alte Mütterchen im Sonntagsstaat lächelten uns sanft zu, von den Bäumen fielen die Äpfel. Herrlich war das. Nur fing es dann im August an zu regnen und von da an regnete es nur noch, die Sonne verfaulte und im Zimmer sprossen die Pilze. Wald, Konzerte und See konnte ich also vergessen, blieben nur noch die Thermen und Ivetta.

Eigentlich hatte Ivetta zwei Kinder und einen unglaublich liebenswürdigen Mann, diese wohnten aber in einem anderen Land, deshalb waren sie nur per Telefon befreundet. Sie hatten sich weder überworfen noch zerstritten, es war eben einfach so und basta. »Ach, Mädchen, mein armer Mann«, begann Ivetta meistens, wenn sie Familiengeschichten erzählte. Traurige Geschichten waren das, obwohl gar nichts Schlimmes passiert war, aber wer erinnert sich schon an das Gute ... Verglichen damit war ich auf Rosen gebettet, anderer Leute Kummer plagte mich nicht und mich vermisste auch niemand.

So saßen wir an feuchten Abenden – ich und die blauäugige Ivetta, Tochter eines Wehrmachtsoffiziers –, aßen aus Ralfs Küche gestohlene Bananen, erzählten uns Geschichten von der weiten Welt, bis im Klimatotherapie-Park das letzte Blatt vom Baum gefallen war und der letzte Tourist die Salzsee-Stadt verlassen hatte.

Es wurde Winter, und ich drehte entsprechend durch. So viel kann ich ja nicht ertragen, der Winter brachte tausenderlei Unannehmlichkeiten: Ich zerstritt mich mit meinem Chef, fuhr schlechter Laune in die Hauptstadt und tat alle möglichen Dinge, die es nicht wert waren, getan zu werden. Dort, das war abzusehen, wurde ich mein ganzes Geld los und kehrte mit vor der katholischen Kirche erbetteltem Geld zurück nach Hause, zu Ivetta. Eine Woche lang litt ich noch unter den Nachbeben der bösen Erfahrungen und schleppte mich dreimal pro Tag durch den nassen Schnee zum Trinken an die Mineralquellen. Die Qualen konnte ich lange nicht verwinden, zeigte meinem Chef den Mittelfinger, verabschiedete mich von Ivetta und verließ die Salzsee-Stadt, vielleicht für immer.

Ich hatte diese Geschichte schon beinahe vergessen, da erfuhr ich, dass Ivetta noch am Leben ist, Mann und Kinder nun ganz verlassen hatte, diesmal mit Bedacht, sie hatte wieder geheiratet. Diese Neuigkeit erzählte mir mein Ex, er rief mich an, wie lieb von ihm, er trauerte dem Geld für den Anruf nicht mal nach. Herzallerliebst. Erfreulich, dass er sich nach mir erkundigte. Er sagte, ich hab deine Freundin geheiratet, die Ivetta, erinnerst du dich? Ja, tue ich, sehr gut sogar. Wahrscheinlich kann sich sogar Ivetta erinnern, was ich ihr über den Typen erzählt hatte. Damals hab ich ihn ihr wärmstens empfohlen, ich hoffe, das hat sie ihm nicht erzählt. Sie selbst hatte ich nicht an der Strippe, wahrscheinlich haben die sich danach gestritten, weil er es gewagt hatte, mich anzurufen. Ständig war sie grundlos eifersüchtig, meine schöne Ivetta. Genau wie ich.

Marinas Geburtstag

Zusammen mit vielen anderen fantastischen Charakterzügen hatte Frau Nora – ja, genau, Frau Nora und nicht Großmütterchen Nora – folgende tolle Eigenschaft: Sie begann genau dann zu reden, wenn Marina entweder gute Laune hatte, müde war oder aber genau dann, wenn es am wenigsten nötig war.

Frau Nora, tausendjährig, fand, dass sie in ihrer Jugend – Originalton – »unverschämt gut« ausgesehen hatte, und wenn sie auf die Straße ging, sanken angeblich links die Männer nieder, vor Liebe erblindet, rechts die Frauen, vor Neid geplatzt.

Ist doch klar, dass einen mit sechzehn alle gern ansehen, wahrscheinlich hatte Nora irgendetwas an sich, groß und langbeinig war sie zumindest, aber ihr gepriesenes »unverschämt gutes Aussehen« konnte man weder auf den Fotos feststellen, geschweige denn jetzt noch Überbleibsel davon erkennen – stattdessen nur grenzenlose Selbstzufriedenheit.

Frau Nora war sich selbst die Nächste, und im Laufe ihres sehr langen Lebens konnte sie keiner davon überzeugen, dass es auf der Welt jemanden ihrer Kragenweite geben könnte. In den letzten zehn Jahren bemühte sich auch keiner mehr, das Zusammensein mit ihr wurde vollkommen unmöglich, darum wurde alles von Marina bezahlt: Noras übermenschliche Schönheit, die Ideen, die ökologisch sauberen Nahrungsmittel, die Mentholzigaretten und die weißen Kragen.

Marina war stockhässlich und im Gegensatz zu Frau Nora war ihr das bewusster als allen anderen. Jeder kennt vielleicht einige solcher Frauen – eigentlich haben sie keinen Makel, den andere nicht auch haben, und trotzdem sind sie irgendwie unschön. Sie war klein, aber dennoch, püppchenhaft und adrett konnte man sie nicht nennen; sie war mager, aber ihre Knochen wirkten dick und grob; ihre Haut war gelblich, so dass ihr weder Sonnenbräune stehen würde, noch Make-up; ihr Haar wirkte stets ungewaschen – ich weiß nicht, wie ich es ausdrücken soll. Machen wir's kurz: Sie war eben hässlich.

Wenn du hässlich bist, ein Waisenkind und man dir keinen Lohn für deine Arbeit gibt, und dein Kerl sich in eine andere Frau verliebt, ist das schon nicht erfreulich. Wenn du zusätzlich als Tbilisserin mit einer russisch-armenischen Mutter gestraft bist, wird es noch viel besser. Aber, wenn du eine Frau Nora zuhause hast – wen juckt dann schon das Geld und der Kerl! Dann ist alles aus.

Nun, einen Vorteil hatte Noras Existenz doch: Das Haus war immer warm und in der Küche war von Beuteltee, löslichem Kaffee oder Ähnlichem keine Spur. Außerdem schlief Nora viel – wie Marinas Ex Beso zu sagen pflegte, wie ein Topmodel, das seinen Schönheitsschlaf braucht – so ging Marina früh in der Küche keiner auf den Keks, sie konnte sich in Ruhe hinsetzen und mit Genuss ihre erste Tasse Kaffee trinken.

An jenem Tag aber hatte man sie ihre Freude nicht genießen lassen. Der Kaffee war noch nicht aufgekocht und das Telefon klingelte. Marina nahm den Hörer ab, der »Minsk«-Kühlschrank ratterte, der Kaffee kochte über, Marina stolperte, stieß den Stuhl um und weckte Nora damit auf.

»Wer war das?«, scholl es aus dem Zimmer. Marinas Laune war verdorben.

»Bitte nicht«, murmelte Marina.

»Wer war das?«

»Hat sich verwählt.«

»Hat er gesagt, bei wem er anrufen wollte?«

»Was willst du denn, Nora?«

In der Tür erschien Nora – in einen rosafarbenen, molligen Morgenmantel gehüllt, bestickte Schlappen an den Füßen, das rabenschwarze Haar zerzaust. ›Was für ein Alptraum‹, dachte Marina.

»Hast du ihn gefragt, wen er sprechen wollte?«

»Nein.«

»Warum nicht?«

»Warum hätte ich fragen sollen?«

»Wie sprichst du mit mir?«

»Was willst du, Nora?«

»Wann bekommst du dein Geld?«

Marina setzte sich. Es ging los.

»Soll ich dir einen Kaffee machen?«

»Nein. Wann bekommst du dein Geld?«

»Am Monatsende. In einer Woche. Brauchst du welches?«

»Was soll ich schon brauchen. Es interessiert mich einfach nur, wann du dein Geld bekommst.«

Früher gelang es Marina, manche Themen zu umschiffen, unter anderem ihr Aussehen und Beso. Nora wusste, dass das Anschneiden der einen oder anderen Frage mit zerschlagenem Geschirr oder Gefluche enden würde, aber wegen des Geldes war sie bisher noch von niemandem beschimpft worden, deshalb hackte sie immer wieder genau darauf herum.

»Noralein, lass gut sein, ja?«

»Was heißt hier ›Lass gut sein‹?!«

»Nora ...!«

»Soll ich dir Kaffee machen?«

So war Nora – erst brachte sie einen auf die Palme und dann ließ sie befriedigt von einem ab.

Marina hasste Feiertage: Neujahr, Ostern und ihren eigenen Geburtstag. Hauptsächlich deswegen, weil sie über die Jahre wie blöde darauf wartete, dass ihr jemand bestimmtes gratulieren würde. Das heißt, man gratulierte ihr zwar, natürlich tat man das, aber nicht derjenige, von dem sie das wollte. Zum Beispiel Beso. Im Allgemeinen war Beso ein sehr aufmerksamer und netter Junge. Er traf sich zu Neujahr eben bloß mit seinen Freunden, zu Ostern saß er im Kloster und Marinas Geburtstag fiel zu allem Überfluss auf den Geburtstag seiner Schwester. Am nächsten Tag hatte Beso logischerweise einen Kater und am dritten Tag führte er sie dann endlich irgendwohin aus – ich sag doch, er war ein guter Junge. Marinas Freude war aber am dritten Tag verpufft. Sie ist eben ein sehr undankbares Wesen, unsere Marina.

Inzwischen hatte sich dieses Problem sowieso erledigt, Beso führte sie nirgendwohin mehr aus – er hatte sich in eine andere Frau verliebt. Marina hasste ihren Geburtstag trotzdem. Genau heute war ihr Geburtstag. Noch dazu Sonntag.

In der Zeit, als sie mit Beso liiert war, war Marina immer voll beschäftigt: Sie achtete auf ihr Äußeres, das heißt, sie ging Nora auf die Nerven, indem sie das Epiliergerät zum Brüllen brachte. Sie raubte Nora den Verstand, indem sie sinnlos Geld verschwendete und ins Fitnessstudio ging. Außerdem aß sie vor dem Schlafengehen nichts mehr, nicht mal der geliebten Großmutter brachte sie ein Abendbrot. Aus diesem und noch vielen anderen Gründen hatte Nora Beso schon auf den ersten Blick gefressen.

Oh nein, ihr, Frau Eleonora, kam gar nicht der Gedanke, dass Beso Marina heiraten würde, und ihr, Frau Eleonora könne etwas fehlen. Deswegen machte sie sich überhaupt keine Sorgen, sie war der Überzeugung, dass keiner ihr ein so grobschlächtiges, hässliches Wesen wie Marina wegnehmen würde. Nora konnte es bloß auf den Tod nicht ausstehen, wenn Beso sie »Großmutter« nannte – natürlich nur, um sie zu ärgern, denn seine Großmutter war sie ja wohl nicht. Sobald Beso vom Hof aus nach Marina rief (weil Nora ihn nicht oben sehen wollte, vielleicht schlief sie ja gerade? Was kümmert's die, ist doch mitten am Tag? Außerdem war Marina eh mindestens zweimal in der Woche mit Beso zusammen) und ungeachtet dessen, dass Nora stöhnte, ihr täte der Kopf weh, ihr täte der Rücken weh und ihr Fingernagel sei eingewachsen – ging sie trotzdem, diese undankbare armenische Kröte. Dann schickte der verkommene Beso Nora ein Buch: »Anti-Carnegie oder: Menschen-Manipulation« und Nora drehte völlig durch.

Dann verschwand Beso. Wohin? Weiß ich nicht. Sag ich dir doch!? Was hast du denn gedacht?! Mich wundert sowieso, dass er es so viele Jahre mit dir ausgehalten hat. Was war das doch für ein schöner Mann.

Nora, hab ich dir was böses getan?

Was hat das damit zu tun. Du musst doch was mitbekommen haben. Du bist eine vierzigjährige Frau. Gut, fünfunddreißig.

Seit heute sechsunddreißig, Frau Eleonora. Du kannst dir einfach mein Geburtsdatum nicht merken.

An jenem Tag hat Nora gut verstanden, dass sie über Beso kein Wort mehr verlieren durfte. Sie sagte es nicht laut, aber der von Marina veranstaltete Aufstand machte großen Eindruck auf sie, sie war beinahe begeistert – wie die brüllte, auf den Tisch und an die Wände hämmerte, den Nachbarn beschimpfte, der in der Tür stand!

Dann ereilte Nora ein Herzanfall, aber Marina machte weiter – bravo, Marina! Mindestens etwas hat sie von ihrer Oma geerbt. Eigentlich sollte sie den Beso beschimpfen, was hat Nora schon böses gemacht? Jedoch ...

Nur gut, dachte Marina, dass es zeitig dunkel wird! Nur gut, dass Nora Fernsehserien mag! Nur gut, dass alle Anrufer angerufen haben und sie keinen mehr zu erwarten braucht!

Bravo, Nora. Hat kaum gefragt, wofür ich mich am Telefon bedanke. Ihr ist es ja völlig egal ... na, Gott sei Dank.

Der »Minsk« verstummte. Aus dem Zimmer war der Ton des Fernsehers zu hören.

Marina legte sich auf ihre kleine Liege und starrte an die Decke. Es war warm. Nur gut. Sie erinnerte sich an einen Traum, den sie früher hatte, als sie mit Beso zusammen war. Sie lag genauso da, nur wusste sie, dass sie in der Erde lag. An ihrem Kopfende waren Mama und Papa begraben. Damals, als sie Beso davon erzählte, fing er an zu lachen und meinte, ihr Vater würde noch tausend Jahre leben, was bringt den schon um, und das hieße, du wirst jetzt noch nicht sterben. Dort lagen also die Eltern und hier Marina. Es war kein Friedhof; sie erkannte so etwas wie eine Mauer und eine Wiese, als wenn sie von oben herabschauen würde. Es war neblig – wahrscheinlich Ende November, aber noch warm. Auf der Wiese tobte ein Fohlen, es hatte einen Bart, warum auch immer. So ein Fohlen hatte sie damals mit Beso in Pasanauri gesehen. Man erzählte ihr, dass, wenn das Fohlen älter würde, der Bart ausfallen und ein ganz gewöhnliches Pferd draus werden würde. Nun, das Fohlen tobte, es war neblig, Marina lag da und dachte: Wie gut! Wahrscheinlich fängt es bald an zu schneien und es wird noch wärmer ...

»Schläfst du?«
»Was ist los?«

»Was soll schon sein? Es interessiert mich nur, ob du schläfst oder nicht.«
»Nicht mehr.«
Das Telefon klingelte. Der »Minsk« dröhnte.
»Wer war das?«
»Hat aufgelegt.«
»Hat er gefragt, wer dran ist?«
»Was willst du, Nora?«

Nina

Ninas Freundin war ich nie. Soviel kann ich nicht ertragen. Sie war eine unausstehliche Person, möge Gott mir verzeihen. Noch bevor Niko sie mir vorstellte, war mir schon einiges über sie zu Ohren gekommen. Es wunderte mich, dass sie tatsächlich in einer Familie aufgewachsen war und nicht im Wald, dass sie eine französische Kinderfrau gehabt hatte und mehrere Sprachen konnte – anzusehen war ihr das wahrlich nicht. Eines glaubte ich jedoch sofort: Sie hatte schon in fast jeder Ecke der Sowjetunion gelebt, denn sie kam überall zurecht und konnte auch allerorts gut schlafen, wahrscheinlich hatte sie eine gute Schule durchlaufen.

Ich wusste auch, dass sie erst ein Restaurant, dann ein Maklerbüro und später eine Reiseagentur geführt hatte, und sobald sie Geld verdiente, verliebte sie sich in irgendeinen Mann, verschwendete das Geld und fing wieder von vorne an, trieb neue Finanzen auf und, damit verbunden, einen neuen Mann.

Niko stellte sie mir in Gudauri vor. Nina saß, ein Glas in der Hand, im Vestibül und redete ununterbrochen. Damals wusste ich noch nicht, dass das bei ihr ein Dauerzustand ist und fragte mich, ob sie nicht ganz richtig tickt:

»So leicht sterbe ich schon nicht. Keine Sorge. Eine Wahrsagerin hat mir das prophezeit. Frühestens mit achtzig Jahren, im Bett, als glückliche Oma, mit reichlich vielen Enkeln, du wirst erleichtert sein, wenn ich endlich hinüber bin ... Nur die Enkel, wo sollen die herkommen, hm? Von der Windbestäubung wohl kaum. Auch alte Schamanenomas können sich mal irren.«

Wie ich dann später erfuhr, war sie ein richtiger Hasenfuß, sie hatte Angst vor Konflikten, geschlossenen Räumen und nächtlichem Alleinsein.

»Die Nächte, na gut, aber vor Wölfen und Dieben hab ich keine Angst. Ich hab Angst davor, dass mir etwas Angst macht. So ist das nämlich. Als ich bei Michael war, ließ mich dieses Genie erstmal das Haus besichtigen, mit all seinen Kellern und Geheimausgängen, ehrlich, die Wand hatte einen geheimen Ausgang, schließlich war es ein Haus aus dem 16. Jahrhundert. Die Kellerräume hatte er aber nicht bis zum Ende freigelegt, ihm fehlte damals das Geld, das Untergeschoss saubermachen zu lassen, selber hatte er jedoch Angst vorm Saubermachen. Nicht, wie man vielleicht denken könnte, weil es dort dunkel ist oder der vergrabene Luther aufgescheucht werden könnte. Er sagte, er habe Angst, das Haus würde davon einstürzen. So ein Idiot. Das hab ich jetzt nicht so gemeint, mein liebster Michael, du weißt doch, wie ich ihn mag, du, eigentlich mag ich ihn sehr. Ach ja, in die Mansarde hat er mich mit hoch genommen, riesig war die, er zeigte mir das Bett, sogar ein Doppelbett, da hätte ich alleine drin schlafen sollen. Dieses Jahr habe ich die ganze Zeit mit Pärchen zusammengelebt und trotzdem immer alleine da gelegen. Nein, das waren schon alles nette Menschen, ich fühlte mich bloß einsam und das nervte ein bisschen. Hm, zugegeben, ich war nicht dauernd allein, nur geschlafen hab ich allein. Michael erzählte mir begeistert, dass sie im ganzen Haus eine Schalldämmung hätten und mich kein Geräusch stören würde. Wenn ich also vom laut Brüllen explodiert wäre, hätte er das gar nicht gemerkt. Toll, oder? Bevor ich mich hinlegte, durchforstete ich den ganzen Dachboden, um nachts nicht aus Versehen den Schrank mit einem gottlosen, verdammten Wesen zu verwechseln. In der Ecke stand auch ein Spiegel, stell dir vor, wenn er im Dunkeln schimmern würde? Dann legte ich mich hin, las ›Das Leben der Römer‹, später machte ich das Licht aus. Im Fünfzehn-Minuten-Takt läutete die Glocke der Kirche in der Straße und ich drehte davon fast durch. Und keiner wird einen Streit vom Zaun brechen, das würde schon helfen zu wissen, wo du bist. Ein Alptraum. Ich kann dieses niedliche Städtchen nicht ertragen. Gleich am nächsten Tag machte ich mich aus dem Staub. Michael ließ ich in dem Glauben, ich hätte ein romantisches Rendezvous. Lüge war das. Eigentlich habe ich keine Ängste. Wovor auch? Ich werde doch sowieso nicht sterben!«

»Du wirst nicht sterben, man wird dich umbringen«, mischte Niko sich ein. Er schaute Nina nicht an, was gab es da schon zu sehen.

»Umbringen? Mich? Ich hätte schon so oft sterben müssen und bin nicht gestorben, ich hab nicht mal Durchfall gekriegt. Ich sag dir doch, man hat mir wahrgesagt.«

Genau wie alle Pseudointellektuellen las auch Nina tausenderlei unsinnige Bücher: ›Die Egoisten-Bibel‹, Oscho, irgendwelchen feministischen Müll. Deshalb hatte sie außer mit dem alltäglichen Leben den Kopf noch mit allerlei anderen Dummheiten voll, und nach dem Ende einer der dreiwöchigen Liebesbeziehungen ihres nicht besonders langen Lebens – damals traf ich sie schon öfters ohne Niko, bei Soso, im Klub – fand sie für alles so eine Erklärung, wie sie nur Nina in den Sinn kommen konnte, dumm wie sie war:

»Weißt du was? In Wirklichkeit fehlt mir gar nichts, und damals ging es mir super: Ich hatte so viel Geld wie keiner in meiner Sippe je hatte, meine Arbeit mochte ich auch, ich hab ein Haus, ich dachte, ich sei hübsch, der Sommer, die Bräune, was weiß ich ... solo war ich auch nicht, was weiß ich ... na ja, ich bin nun mal blöd, und als ich tolles Mädchen mich so an den Strand legte, kam mir in den Sinn – es ist doch so: Wenn die Sonne untergeht, musst du dir etwas aus tiefstem Herzen wünschen, dann wird es dir erfüllt.

Deshalb erzähl ich dir das, damit du weißt, dass du normal um etwas bitten musst, sonst wird es dir so gehen wie mir. Aber damit habe ich nicht gerechnet und betete deshalb zu meinem Gott: ›Gott, gib mir Liebe, sei es nur für ein, zwei Wochen, und dann werde ich alles ertragen.‹ Und siehe da, er hat sie mir gegeben für ein, zwei Wochen, und als es zu Ende war, fragte ich ihn – natürlich nicht den Mann, sondern meinen Gott – ›Warum warst du so knauserig, was sollen diese ein, zwei Wochen?‹ Er sagt, er habe mir das gegeben, worum ich gebeten hätte. Ist das zu glauben?«

In diesem Klub wird offenbar oft geweint. Nina weinte und es schaute noch nicht mal jemand nach ihr. Ein Kind guckte durchs offene Fenster und schnitt seiner Mutter Grimassen. In unzähligen Töpfen standen unzählige Blumen. Es war heiß. Nina putzte sich mit einem grünen Taschentuch die Nase.

Ich werde nie unter Leuten weinen, eine verweinte Frau sieht affig aus. Vor allem Nina, kahlgeschoren, abgemagert, einst braungebrannt, jetzt jedoch mit schuppigen Armen. Damals konnte man sie sich noch in einem kurzen Kleid vorstellen, erst später fielen ihr die blauen Äderchen auf und sie sagte zu mir: »Wenn ich mein Spiegelbild im kurzen Kleid in einer Vitrine sehe, will ich immer jemanden losbrüllen hören: ›Pele vor, schieß ein Tor!‹«

In der Zeit, als sie diesen Mann noch nicht kannte, machte sie sich viel weniger Gedanken darüber, ob ihre Knie hübsch waren oder nicht. Vergiss es einfach, Nina.

»Vergiss es. Was hat das für eine Bedeutung. Er hat mir nicht wegen der Beine gesagt, mach dass du fortkommst ... Zemfira, diese Sängerin, die ist toll, stimmts? Ein klasse Mädchen ... Weißt du, Krishna nimmt seinen Getreuen alles weg. Scheinbar liebt er mich wie verrückt und wurde eifersüchtig. Tanzender Gott, unwetterwolkenfarbiger Krishna, Anbetungswürdiger, verdammte Scheiße ... Denken die noch an unser Bier oder soll ich die Miliz rufen? Nun, weißt du, was ich dir sagen will? Sieh mal einer an, sie bringts her. Wenn du auf einen Mann stößt, unendlich klug, grenzenlos gebildet, kompliziert und eigentlich eine Strafe für die gesamte Menschheit, dann musst du auf der Stelle abhauen, sagen wir, nach Trabzon. Wenn du so dumm bist und nicht wegrennst, sollst du trotzdem wissen, dass alles eine Lüge ist. Nur die Logik verstehe ich nicht, verdammte Scheiße, ich war trotzdem bei ihm und hab es mit ihm getrieben, nun, was sonst, ich bin hingeeilt, aber warum zum Henker wollte ich das, verdammte Scheiße, sein Blablabla. Vielen Dank (wandte sie sich strahlend der Kellnerin zu), keine Sorge, mein Liebes, ich hab eine Allergie und deshalb seh ich aus wie von Mücken zerstochen. Es ist außergewöhnlich süffig, euer Bier.«

Diese doofe und nervige Liebesgeschichte hatte schon blöd begonnen. Niko brachte Nina in irgendeine ausländische Vertretung und ließ sie innerhalb einer Woche drei Wohnungen im Zentrum von Vake streichen. Das brachte dem Mädchen Geld. Von dem Geld kaufte sie sich Sandalen, drei Nummern zu groß – »Kleine-Muck-Schuhe, zum Reinwachsen«, und ein buntes indisches Kopftuch, das sie mal um die Taille, mal um den Hals wickelte, es mal als Handtuch und mal als Tischdecke benutzte. Vom Restgeld wollte sie nach Olympos fahren, sich braunbrennen lassen, im blauen Meer plantschen und auf rosafarbenen Felsen Gras rauchen. Genau von dem großen Plan erzählte sie uns Frauen im Café, als sie einen Mann kennenlernte.

Warum er ihr gefiel, kann ich euch nicht sagen. Ninas sonstige Männerauswahlkriterien spielten hier offenbar keine Rolle. Eins muss ich jedoch anmerken – sie glichen einander, im Äußeren und, wie es mir damals vorkam, in etwas anderem. Vielleicht darin, dass beide viel herumreisten und beide auf der Grundlage des östlichen Mystizismus übergeschnappt waren, oder beide sich – wer weiß, warum, außerdem klingt es komisch – furchtbar einsam fühlten und dachten, das ist es, ein Traum geht in Erfüllung. Über den Mann kann man nichts sagen, aber Nina hat ne Macke, sie ist eine Idiotin.

Fakt ist, dass an jenem Abend im Café während des Gesprächs mit Nina ein molliges, vollbusiges Mädchen mit aufgespritzten Lippen den Mann abholen kam, um einiges jünger als Nina und sehr sexy. Der Mann sagte ihr, er würde mit Nina in die Türkei fahren. Das Mädchen schmollte. Am nächste Tag im selben Café sagte der Mann zu Nina, was solle er tun, Sophie sei noch klein und sie selbst sei eine starke Frau und käme auch ohne ihn gut zurecht. Nina meinte zu ihm: »Stimmt.« Am gleichen Abend betrank sie sich auf der Perowskaja-Straße mit Weinbrand und machte sich am folgenden Tag wie immer allein auf den Weg. Sie schien ihm nicht sehr nachzutrauern, scheinbar hat sie sowas öfters erlebt. Ich, zum Beispiel, würde mich umbringen.

Wenn sie nur ein bisschen Grips im Kopf gehabt hätte, wäre sie seitdem nicht mehr in das Café gegangen, aber bei Nina kann man nicht von Grips sprechen. Als sie vom Urlaub am Meer zurück kam, dachte sie, sie sähe gut aus und setzte sich mit der Hoffnung, den Mann zu sehen, an den gleichen Tisch wie immer.

Es brach eine afrikanische Leidenschaft und ein großes Tamtam aus. Nina drehte durch. Jetzt stünde sie um acht auf, um es noch ins Schwimmbad zu schaffen, sonst würde es nichts mit der Sonnenbräune. Keine zehn Pferde brachten sie sonst ins Wasser, und sie wollte nie zu spät zur Arbeit kommen. Sie arbeitete mehr als sie musste. Sie brauchte Geld. Kurzum, sie war nicht ganz klar im Kopf. Dann rannte sie wieder wie eine Verrückte zu dem Mann hin, sie wälzten sich im Bett herum und träumten davon, wie sie die halbe Welt bereisen würden, wie sehr sie einander liebten und wie ihre Seelen ins Paradies kommen würden.

»Zunächst war ich erschrocken, dass er plötzlich nicht mehr von wir sprach, sondern von ich. ›Ich gehe.‹ Aber ich dachte, ist mir doch egal. War es mir aber nicht. Dann ging dieses Gentleman-Gehabe los: ›Wann warst du zum letzten Mal mit einem Mann zusammen? Rasierst du dir die Beine?‹ Nee, weißt du, mach ich nicht, verdammte Scheiße, ich stutze die Haare nur. So ein Behinderter. Und hier der Klassiker: ›Bist du gekommen?‹ Ich glaub, mein Schwein pfeift ...!«

Näher brauchen wir das hier nicht auszuführen, die Fahrt nach Olympos war gestorben – so viel Geld hatte Nina nun auch wieder nicht reinbekommen –, aber immerhin gings nach Batumi. Dort verbrachten sie eine Woche mit Umherschlendern und Schwimmen – er, Nina konnte es ja nicht – und als sie zurückkamen, sagte der Mann: Tja Schwester, du machst dein Ding, ich mach meins. Mich wundert's nicht – wo sollte der Arme die Nerven für Nina hernehmen, eine ganze Woche nur Nina hier und Nina da, und dann noch eine verliebte Nina – einfach unerträglich!

»Was hast du zu ihm gesagt?«

»Kennst du diesen Rap?« Sie stand auf und sang das mit großem Gefühl vor; die Leute, die an einem Tisch in der Ecke saßen, blickten auf und schauten Nina blöd an.

»Was für einen?«

»Alles hat ein Ende, nur die Wurst hat zwei. Jawohl, mein Schatz, es ist vorbei ...«

An dem Abend schleppte ich sie in eine mit Schwulen vollgestopfte Disco, am nächsten Tag fuhr Nina wieder ans Meer, und als sie zurück kam, hatte sie sowohl keinen Mann mehr als auch keine Firma und auch keinen Kummer. Jedenfalls sagte sie das selbst.

Danach dann schon, ich habe sie gerade erst im Winter getroffen. An jenem Tag hatte Nina mir gerade noch gefehlt. Ich sagte bereits, was das für eine furchtbare Zeit war, Winter, ein trüber Abend. Ich ging den Anstieg hinauf und an dem Laden mit der Haltestelle, wo ich in keinem Fall stehen wollte, weil ich dort Schulden habe, traf ich Nina.

Wie sie aussah! Der fliederfarbene Mantel stand ihr so gut wie einem Zirkusbären eine weiße Schürze. Offenbar trank sie immer noch, ihre Augen waren eingefallen und ihre Nase schuppig.

Sie ging in den Laden, zahlte meine Schulden und versorgte sich mit ihrem klassischen Warensortiment, sie war Vegetarier; statt Bier kaufte sie aber Weinbrand, und davon reichlich, ihr sei kalt. Wir gingen zu mir, ich stellte den Gasofen an und gab Nina dicke Haussocken. Sie hatte schändlich zerrissene Strümpfe an und jammerte, dass sie zwischen den Zehen einschneiden würden.

»Warum kaufst du denn keine neuen, Geld hast du doch?«, fragte ich sie. »Ach lass mich!«, sagte sie.

Gut. Wir gossen uns ein. Nina schlug ein Bein unter und baumelte mit dem anderen. Damals, als ich das zum ersten Mal sah, fragte ich mich immer, wie sie das bloß macht, und später erfuhr ich, dass sie mal Ballerina gewesen ist, dann halste sie sich Hatha-Yoga auf und hatte daher die Erkenntnis, dass sie in der Flanke gerade sein sollte: »Das Altern fängt dort an«. Sie strich sich manchmal mit der Hand über den Nacken, aber ganz vorsichtig, weil sie Angst hatte, ihr Muttermal würde dadurch zu einem Melanom ausarten. Jetzt war sie zwar gerade, aber dennoch enorm gealtert.

Sie streckte den Ellbogen, dehnte den kleinen Finger und begann mit dem Trinkspruch:

»Auf dich, meine Schöne. Ich wünsche dir alles, was ich mir selbst manchmal wünsche, wenn ich guter Laune bin. Gesundheit, – nun, wenn du Zahnschmerzen hast, dann macht dir gar nichts mehr Spaß, stimmt's? Ein langes Leben, Reisen, einen tollen Mann – einen gesunden, klugen, schönen, fröhlichen, reichen, freigiebigen, wozu brauchst du einen Angsthasen und Geizhals! Außerdem muss er in dich verliebt sein, und auch du sollst auf ihn fliegen, aber er mehr auf dich. Also: Lass es dir gut gehen. Ich hab dich sehr lieb und im nächsten Leben werde ich als Mann wiedergeboren und du wirst dich nicht auf den ersten Blick in mich verlieben, aber ich werde um dich kämpfen, dich heiraten und du wirst die glücklichste Frau der Welt ...«

Nina war vermutlich ein glückliches Kind gewesen, offenbar liebten sie alle: die höchst gebildete Mutter, der außergewöhnliche Vater, der verblödete, zu dieser Zeit nach Finnland geflüchtete Bruder, der Großvater. Angeblich liebte die Großmutter sie auch, Nina konnte sich bloß nicht an sie erinnern, sie starb, als Nina drei Jahre alt war. Die Oma starb unter einem Auto, und man erzählte, aus ihrer Handtasche fielen Spielzeuge heraus, die sie für Nina gekauft hatte. Sie hatte auch Nina geheißen und Nina erzählte, sie sei sehr hübsch gewesen, sie selbst würde ihr aber nicht ähneln.

»Vom Äußeren her ähnele ich ihr nicht, aber sicher in der einen oder anderen Eigenschaft. Wahrscheinlich war sie eine hartgesottene Frau, meine Großmutter ... irgendwie waren alle meine weiblichen Verwandten mütterlicherseits ein bisschen irre. Was heißt waren ... sind.«

»Ach Quatsch, lass sie doch ...«

»Von wegen, hast du ne Ahnung. Ich hab auch ein Rad ab. Außerdem lässt mein Gedächtnis nach, in Lexikologie bin ich toll, aber alles andere ... tjaaa... erst war die Margarita, die Schöne, würdest du die Geschichte kennen, dann wüsstest du, was mit mir los ist.«

Nina fragte nie, ob das einen interessierte oder nicht.

»Nun, diese Margo ist dort begraben in dem Dorf, wo ich die ganze Kindheit im Exil war, all die ganzen Sommer, und das hasse ich. Aber wenn du willst, können wir ja mal hinfahren. Im Prinzip ist es ein toller Ort. Guck, – sie streckte ihre knochige Hand aus – eine Quelle fließt dort, so breit wie mein Handgelenk, Nadelwald gibt es, einen Laubwald auch, Pilze, was weiß ich, was noch alles. Dort kann man vor Langeweile durchdrehen. Außer ›Kusch-kusch‹ und ›Put, put, put‹ hörte man nicht den geringsten Laut: Tante Patzo streut den Hühnern Maiskörner hin, zermörsert, damit sie ihnen nicht im Hals stecken bleiben, den Hühnchen darf nichts in den Hals geraten, verdammte Scheiße. Ich liebe Hühner total. Aber nur lebendige. Und lieber Hähne. Nein, wirklich, lass uns für ein, zwei Tage hinfahren, wir haben ein hübsches Haus, eine halbe Stunde braucht man vom Bahnhof bis dahin, na gut, eine Stunde. Ich kann es zwar überhaupt nicht ausstehen, aber wenn du mitkommst, fahren wir hin. Es gibt doch diese alten Zeitschriften, ›Im Schloss bin ich König‹, hast du die gelesen? Lass uns fahren, na los ...«

Sie trank. Niko hatte gesagt, in das Dorf wollen wir fahren, seitdem ich Nina kenne, also die letzten hundert Jahre.

»Margarita war bestimmt eine schöne Frau und mochte sich selbst sehr. Sie ist eine Hofdame oder so was im Palast des Vizekönigs gewesen, wahrscheinlich hab ich deshalb solche kleinfürstlichen Ambitionen. Geheiratet hat sie aber nicht, wohl deshalb, weil sie verrückt war oder nicht alle Tassen im Schrank hatte oder sie war einfach zur ewigen Jungfer verdammt. Was weiß ich, verstehst du das?! Den Weinbrand brennt Oma Knaro aus einer Wattejacke, ernsthaft. Ist ja tödlich. Davon wird man ja glatt blind! Also, als sie dreißig wurde, schaute sie in den Spiegel und entdeckte Falten – meine Güte, ich hab Falten seit ich zwanzig bin – und ging in das Dorf Pestenhausen. Vorher hatte sie einen Grabstein aus venezianischem Marmor bestellt, ein anderer kam gar nicht in Frage, nun liegt er auf ihr drauf, mit Engeln und Rosen verziert, den Stein hat die unter dem Bett vorgeholt und so hundert Jahre lang gelebt. Venezianischer Marmor ist das, hat mir die Familie erklärt, woher hätte ich das sonst gewusst. Sie deckten sie damit zu, das sei venezianischer Marmor, sehr sehr schön sei die Margarita, sagten sie, so einen Scheiß machen diese krätzigen Adligen. Jedes Mal, wenn ich hinfahre, erzählen die mir das ... Ich weiß gar nicht mehr, wie viele Jahre schon, sie hat ja sehr lange gelebt. Ich versteh nicht, inwiefern sie meine Großmutter ist, aber sie ist es nun mal und sie liegt im mütterlichen Familiengrab. Kannst du dir vorstellen, was sie für einen Knall hatte? Auch heute ist das Dorf das letzte Loch, aber kannst du dir vorstellen, wie das damals gewesen sein muss?«

»Keine Ahnung ...«

»Was heißt hier keine Ahnung? Ist das normal? Uns sollte es gut gehen.« Sie goss sich ein, trank aber nicht. »Sag was.«

»Sag du doch was.« Was hätte ich denn sagen sollen.

»Na gut. Auf eine strahlende Zukunft. Toll, wenn man eine 35-jährige Frau mit Perspektive ist, und die Perspektive heißt: kühle Erde.«

Sie trank. Dann ging sie zur Toilette und von dort hörte ich sie rufen: »Nawerno milliy moi idjot ... wahrscheinlich kommt mein Liebster ... Was hast du gesagt?«

»Nichts.«

»Aha. Wo ist eigentlich Niko?«

»Er sagte, er käme bald zurück.«

»Was hat er gesagt?«

»Er käme bald.«

»Ach so.«

Nina und Niko waren irgendwann vor langer Zeit befreundet. Nina liebte auf dieser Welt niemanden mehr als Niko – ich denke, sie liebte überhaupt niemanden sonst – und wenn sie manchmal sehr betrunken war, sagte sie, wenn Gott mich lieben würde, würden Niko und ich einander lieben, er wäre glücklich und ich auch. Aber ich weiß genau, dass das nicht stimmt, denn Nina geht es schlecht, sobald sie mal nicht in irgendeiner Scheiße sitzt, und Niko steht auf junge Frauen. Alle Männer, die Nina hatte, waren ein bisschen eifersüchtig auf Niko, aber völlig zu Unrecht, weil Nina lieber ins Kloster gehen würde als sich mit Niko einzulassen. Sie sagte oft auf Russisch: »Das Leben ist eine teure Erinnerung.« Über andere Dinge konnte sie nicht so gut urteilen.

Die Erinnerung an Niko zog unbedingt eine lange Tirade nach sich. Nina wusste genau, dass ich mir das nicht mehr anhören wollte, deshalb entschuldigte sie sich immerzu auf eine völlig idiotische Art – mit immer neuen Geschichten – mich wundert sehr, dass der literweise Alkoholkonsum über die Jahre nicht ihr Erinnerungs- und Erzählvermögen zerstört hat.

»Damals bin ich mit Atmananda die ganze Nacht durch die Straßen von Leningrad gelaufen, Mannomann, weißt du, was es da für riesige Mücken gab? Atmananda sagte zu mir, als er im Irrenhaus gesessen hätte, habe der

Arzt gesagt: ›Die Neigung zu Monologen ist das erste Anzeichen von Schizophrenie.‹ Sieht so aus, als hätte ich das auch, oder?«

Sie wartete keine Antwort ab und goss sich ein: »Trink. Ich geh gleich raus und hole eine neue Flasche. Der arme Atmananda, der ist an Botulismus gestorben oder wie das heißt, heißt das Botulismus? Auf Niko. Er steht für die Daseinsberechtigung der georgischen Männer, mein Nikolos. Wenn ich reich werden sollte, wer weiß, was ich dann mit ihm tun würde, was weiß ich, alles, ich würde ihm ein Stipendium geben, ein tolles, und ihm sagen, es sei von Humboldt. Trotzdem hab ich offensichtlich sogar in der Fantasie meine Grenzen, stimmt's? Prost, auf ihn. Der gute Niko. Möge er sehr glücklich sein, Erfolg haben, Geld, eine große Liebe, alles was er sich wünscht. Auf ihn.«

Wir tranken. Sie griff nach einer Mandarine, obwohl sie die gar nicht mochte. Offenbar war sie betrunken.

»Nina, wollen wir uns hinlegen? Ich muss morgen wieder los.«

»Ja, leg dich hin. Ich werde noch baden, ja? Dann komm ich. Ich mache dann den Boiler und das Licht aus, mach dir keine Sorgen.«

Am Morgen sah ich, dass sie sich nicht hingelegt hatte, sondern einfach so gegangen war. Wahrscheinlich zog sie es vor, zuhause zu schlafen. Sie hatte das Geschirr abgewaschen, die welken Blätter von den Blumen abgemacht. Ich rief bei ihr an, aber sie ging nicht ran. Später sagte mir ihre Mutter, sie sei zum Meditieren nach Puna gefahren. Sie habe ihre Wohnung vermietet und sei weggegangen, sagte, sie sei in ein, zwei Monaten zurück. Erinnerst du dich noch, sie sagte immer, Oscho lebt nicht mehr, was habe ich in Puna verloren. Wahrscheinlich sei ihr kalt gewesen, und wenn der Winter vorbei ist, käme sie zurück.

An der Seite der Brücke war ein Weg runter zum Fluss, damals, vor einigen Jahren, als sie das Autofahren lernte – dreimal pro Woche, um neun, wartete sie an der Ecke der Brücke auf das himmelblaue Auto des Fahrlehrers. Sie wollte Autofahren lernen und in die Türkei verreisen.

Damals hatte sie eiskalte Füße. Sie hatte zwar warme Stiefel, zog sie aber nicht an, sie seien angeblich vorn zu breit und sie würde damit die Pedale nicht treffen. Die Absatzschuhe passten wiederum überhaupt nicht zu Hosen. Weiß der Geier, für wen sie sich aufbrezelte. Für den Fahrlehrer? Glaub ich nicht. Nun, da stand sie also, fror und betrachtete die Gegend. Dann entdeckte sie den Weg hinunter zum Fluss.

Den Rucksack, gefüllt mit Kristallsteinen, die sie irgendwann einmal aus den Bergen heruntergeschleppt und jetzt von Zuhause mitgebracht hatte, packte sich sich fest auf den Rücken und begann zu laufen.

»Kannst du dir vorstellen, wie oft ich Flusswasser getrunken habe, mal schlürfte ich aus der Donau, mal aus dem Argun ... wer weiß, wieviele Ninas drin waren ... ein Glück, dass ich das Leichengift überlebt habe ...!«

Das dachte sie wahrscheinlich. Genau weiß ich es nicht.

Nina war dumm. Dachte sich deshalb: ›Ich hab einen mit Steinen gefüllten Rucksack umhängen, komme nicht wieder an die Oberfläche und alle werden denken, ich sei nach Puna gefahren.‹

Paradiese – Kommunalwohnung

Auch ich bin in einer Kommunalwohnung aufgewachsen, in einem lauten Tbilisser Hinterhof im Bezirk Woronzew, im »echten« zweiten Stock. Die Küche und die Toilette mussten wir mit einigen anderen Familien teilen, ein Bad gab es überhaupt nicht, gebadet wurde in der Küche. Man schloss die Tür ab, und genau dann, wenn man sich anschickte in den Bottich zu steigen, wollten natürlich alle ganz dringend Tee kochen oder Wäsche auswringen.

Natürlich gibt es Kommunalwohnungen nicht nur in Tbilissi, aber gerade die Tbilisser »Kommunalka« hat einen ganz besonderen Reiz, allein schon wegen ihres Multikulti-Charakters (und nicht ihres Internationalismus). Was kann man da nicht alles sehen und erleben! Scheißt auf die Globalisierung, meine Lieben, solange es noch Tbilisser Komunalkas gibt!

Als ich dort wohnte, konnte ich hervorragend Kurdisch und auch ein bisschen Armenisch sprechen. Gurgen Petrowitsch nahm mich manchmal mit in sein großes, aus irgendeinem Grunde jedoch ständig düsteres Zimmer, wohin kein Lärm von knallbunten kurdischen Hochzeiten und kein »Aischa«-Gedudel drang, wo alles vom Kronleuchter bis zum Löffel wunderschön und, wie ich jetzt erst begreife, wertvoll war. Bis zur Revolution war der Alte Händler der ersten Gilde und Hotelbesitzer gewesen.

Jedenfalls nahm er mich mit in sein eigenartiges Zimmer, goss mir Tee ein – stark und siedend heiß!, denn dünnen und süßen, meinte er, trinken nur Proleten – und erklärte mir noch, »Haz« hieße Brot, »Dschur« Wasser. Immer, wenn ich mit meinem erbärmlichen Armenisch etwas sagen wollte, fuhr er mir ins Wort: So ein Armenisch spräche nur der Pöbel, das habe den Geruch der Straße. Zufällig zählte ich mich nicht zum gemeinen Volk, schlürfte deshalb bitteren schwarzen Tee und hörte schweigend zu, welche Brillanten etwas wert waren und welche nicht. Bis heute kann ich mit Kennermiene Opa Gurgens Worte wiederholen, vielleicht lässt sich jemand täuschen und glaubt, dass ich immer mit Brillanten zu tun hatte.

Außer Gurgen Petrowitsch hatte ich noch allerhand andere interessante Nachbarn. Eine außerordentlich putzige Erinnerung verbindet mich mit einer Nachbarin, einem unheimlich dicken und bösen Geschöpf, welches mit dem Schrubber die Schwalbennester zerstörte (nichtsdestotrotz kamen sie immer wieder, die Schwalben); sie meinte, die flattern und scheißen bloß. Selbst jedoch schrubbte sie mit großem Eifer ihren gelben Nachttopf im einzigen Waschbecken des Hauses und in der Küche brach daraufhin jedes Mal ein großes Gezeter und Geschrei los, auf Georgisch, Armenisch, Russisch – manchmal sogar Deutsch, wenn die bedauernswerte Deutsche von der Etage drunter auf einen Tee und einen Rat in Sachen Kindererziehung hochkam.

Das Waschbecken hatte eine seltsame Eigenschaft: immer war es mit irgendwas verstopft, mal mit Kirschkernen, mal mit Teeblättern, das Wasser lief über, und der ältere Mann mit einem Strumpf auf dem Kopf, der unter uns wohnte, tauchte auf unserer Etage auf, um jemanden dafür umzubringen. Auch sonst war der Mann nicht gerade zimperlich, ständig brüllte er mit furchterregender Stimme nach seinem Enkel, er solle herkommen, totprügeln wolle er ihn.

Eines Nachts, als alles schlief und einer der Nachbarn auf die Idee kam, Fotos zu entwickeln und abzuziehen, fiel eines davon in besagtes Waschbecken und blieb auf dem

Abfluss kleben. Der Wasserhahn hustete weiter in die Stille der Nacht, der Mann setzte munter seine Arbeit im roten Licht fort, bekam er doch nicht mit, dass die Luft brannte – in der Küche stand ein kleiner Teich –, bis der rasende Nachbar nahte! Aber, in einer Kommunalka wohnen heißt fürs Leben lernen: Der Mann ging mit nassen Schuhen über den Flur bis zur Tür eines anderen Nachbarn, zog dort die Schuhe aus und verschwand dann auf Strümpfen in sein eigenes Zimmer. Der Typ von unten kam angepoltert und folgte den nassen Spuren, und was dann passierte, weiß ich zwar noch, aber fragt bloß nicht!

Wenn man die ständigen Skandale außer Acht lässt – je weniger man sich da einmischt, desto wütender wird man (deswegen ist es doch besser, mitzumischen) – und man schiefe Blicke und lautes Getuschel über die Moralauffassung gewisser Leuten an sich abprallen lässt, gibt es nichts besseres, als in einer Kommunalwohnung zu hausen.

Das Haus, von dem ich euch jetzt erzähle, ist fantastisch. Heute steht es im Stadtzentrum, einst jedoch stand es an einer äußerst unglückseligen Stelle – ich persönlich war alles andere als begeistert davon, am Friedhof zu wohnen. Jetzt existiert der Friedhof nicht mehr. Wir wussten nicht mal, dass es ihn überhaupt gegeben hatte; eine aus der Nachbarwohnung, die seinerzeit im Haus wohnte, hat uns das erzählt. Sie war offenbar schon dermaßen alt, dass sie Methusalems Altersgenossin hätte sein können. Sie konnte zwar schreiben und das Vaterunser sogar auf Latein aufsagen, erinnerte sich aber nicht mehr daran, dass das Latein war – ein großes Mysterium.

Die Gute hatte irgendwann mal im Gefängnis gesessen. Selber erzählte sie, es habe was mit den Trotzkisten zu tun gehabt, böse Zungen beziehungsweise Nachbarn behaupteten jedoch, sie habe wegen Mordes an ihrem zweiten

Mann gesessen; der Arme habe betrunken am Fenster gestanden, sie habe seine Füße gepackt und ihn aus dem Fenster geworfen (aus selbigem Fenster warf sie jetzt den Katzen abgenagte Knochen runter). Davor habe sie schon ihren ersten Mann umgebracht, mit dem Kissen erstickt, und jetzt werde sie von ihren Sünden verfolgt.

Die letzten Worte – die über die Sünden – stimmten einen nachdenklich, weil diese gutherzige alte Frau tatsächlich nachts, mindestens einmal im Monat, gegen die Wände ihres Zwölfquadratmeterstübchens schlug und in einer Art Jiddisch so was schrie wie »Lass mich, lass mich!«; ich selbst verstand die Sprache zwar nicht, die Nachbarn aber schon. In ihr Geschrei stimmte der, gegen seine Läufigkeit mit Beruhigungsmitteln vollgepumpte, in Todesstarre verharrende spanielartige Hund mit seinem Geheul ein, und ebenfalls meine Freundin mit ihrem Gejammer, »gute Güte!«, sie werde noch verrückt.

Nach so einer Nacht waren alle zu faul zum Aufstehen, selbst vom morgendlichen Pantoffelschlurfen, »Chato, der Tee wird kalt!«-Rufen und ähnlichen Geräuschen wachten wir nicht auf, wir schlummerten süß weiter.

Später starb die alte Frau, und nach großem Hin und Her teilte man ihr Zimmer Tante Sima zu. Die war offenbar zu faul, in der Gemeinschaftsküche zu kochen, deshalb machte sie an Tagen, an denen ihr Sohn samt Schwiegertochter zu Besuch kam, den Ölofen im Zimmer an und im Flur hing ein komischer Geruch; zuerst dachte ich, sie kocht Katze, aber offenbar passten einfach die Gerüche von Weinblattklößchen, Ölofen und eingelegtem Kohl nicht so gut zusammen. Wir verbrannten dann in unserem Zimmer eine Zeitung und alles war wieder gut.

Der Rauch der Zeitung ruinierte das Leben meiner Freundin. Dabei war sie selbst Raucherin. Sie war blond, blauäugig und hatte russisches Blut, sie scheute Streit und schlich sich deshalb öfters leise davon. Eines Nachts rannte sie im Schlüpfer aufs Klo. Damit stand für alle fest: Sie ist eine Hexe und natürlich eine Schlampe. Was sie wirklich tat, dass sie heimlich Hackbällchen vom Tisch des Nachbarn schmuggelte oder sich mit dem halben Inhalt von Babkenas Sauerkrautfass den Bauch vollschlug, hatte keiner bemerkt – die Leute sind ja blind. Klar, dass dann keiner mehr mit der Armen sprach, bis eines Tages im Winter Gas, Wasser und Strom gleichzeitig ausfielen und sie den Nachbarn verriet, dass es auf der anderen Straßenseite, im Garten, ein schönes Plumpsklo gab; sie sagte, sie koche ihnen Tee, habe einen Kessel und leckeres Zuckerrohr ...

An jenem Tag begriff ich zum ersten Mal, was Kommune heißt, der Zusammenhalt der Gemeinschaft, die Nichtigkeit von reich und arm. Schade aber, dass nicht alle reich waren, denn er war sehr ekelhaft, dieser dünne und zuckersüße Tee der einfachen Leute ...

Welcher von den Madatows?

Ein sehr kluger Mann, der seit 15 Jahren in Georgien lebende Ukrainer Herr Borislawski, stellte den Tbilisern folgende Diagnose: Sie haben einen zügellosen Hang zum Märchenerzählen. Überhaupt haben die Einwohner Georgiens ein höchst interessantes Verhältnis zu Zeit. Ich meine nicht die ewigen Verspätungen oder ähnliches.

Mir hat man zum Beispiel in Swanetien die Geschichte von einer Kirche erzählt, deren Bau Zacharias der Langarmige beim Mönch Theofanes in Auftrag gegeben hatte. Beim Bau dabei gewesen (!) sei auch der Großvater des 60-jährigen Erzählers, Momi Tschegioni, Architekt und Vertreter des Chalde-Aufstands. Die Nachfahren des Mönchs Theofanes hätten sogar ein Portrait, ein Foto (!) von Theofanes im Haus hängen. Aber was soll's, was sind schon eins, zwei, drei, vier Jahrhunderte verglichen mit der Ewigkeit?

Ich muss sagen, dass solche Sachen nicht nur im hochgebirgigen Swanetien passieren. Heutzutage, in der Zeit der tief in Gedanken versunkenen Programmierer und der Atombomben, werden auch in Tbilissi fantastische Geschichten erzählt. Eine davon ist die Geschichte von Madatows Haus.

Das Haus kennt jeder, der schon mal in der Altstadt gewesen ist – das Haus mit dem Türmchen.

Es ist ein sehr hübsches Haus. Als Kind war ich überzeugt davon, dass es das größte der Welt sei: mit riesigen Zimmern, in jedem ein Kamin bis zur Decke, einer verzierter als der andere, die ganze Welt war darauf dargestellt – Männer, Frauen, irgendwelche Vasen, Blumen ... Das Haus hat märchenhafte Balkone, meine Gastgeber ziehen dort Rosen, man kann in einem rosenumrankten Sessel sitzen und zu den Felsen des botanischen Gartens hinüberschauen. Ist Vergangenheit, dort werden jetzt große Häuser gebaut und seitdem gefällt mir die Aussicht nicht mehr.

Andererseits sprießt der Garten immer noch. Der Erbauer des Hauses verstand seine Sache hervorragend: Im Garten war früher auch ein Schwimmbecken, nun ist es natürlich verfallen, aber es ist trotzdem noch sehr schön dort. Das Treppenhaus ist bemalt und hat eine Glaswand. Jetzt sind die Malereien verblichen und das Glas ist blind geworden, aber wenn man als kleines Mädchen vom Vater zu »Angelique« ins Kino mitgenommen worden ist, kann man sich sicher die »Prinzessinnenzeit« vorstellen und wie man mit raschelndem Seidenkleid die riesige Marmortreppe hinunterwandelt. Wenn man vom Salon über eine ebenso bemalte Treppe in den Garten hinausgeht und sich an das Geländer lehnt, kann man von oben über die Tschonkadse-Straße schauen – von dort sieht man auf jeden Fall den Prinzen auf einem weißen Pferd.

Die Adresse des Hauses kam mir ziemlich komisch vor: von vorn lautete sie Tschonkadse-Straße 4, von hinten Gergeti-Straße 10. Das war aber das geringste Problem, im Gegenteil, es kann ganz lustig sein, zwei Adressen zu haben. Schwierig wurde es nur dann, wenn die Sprache auf den Erbauer und ehemaligen Besitzer des Hauses kam.

Die Bewohner des Sololaki-Viertels sind sich in einer Sache einig: Das Haus mit dem Türmchen ist Madatows Haus. Die anderen können sonst was erzählen!

Über Madatow ist in keiner einzigen georgischen Enzyklopädie etwas zu finden. Nur eine Madatow-Insel wird erwähnt. »Im XIX. Jh. erwarb Gen. V. M. die Insel, deswegen genannt M. I.« Das war alles.

Mit meinem beschränkten Grips kam ich darauf, dass mit V. Madatow Valerian (Rustam) Grigoris Dse Madatow gemeint sein musste, Generalleutnant, Held des Krieges von 1812, gebürtig aus Karabach. Ich las, dass er 1782 geboren wurde und früh verwaiste. Sein Onkel, der Verwalter Dschemschid von Karabach, schickte ihn mit 15 Jahren nach Sankt Petersburg.

Offenbar war es für einen armenischen Fürsten wie Valerian Madatow ein leichtes, sich in die Riege der russischen Offiziere einzureihen, er kämpfte wacker und erhielt verdient die Heiligen Georgsorden 4. und 3. Grades und zwei Goldschwerter für seine Tapferkeit: das erste gegen die Türken, das zweite im Krieg gegen die Franzosen. Zeitgenossen erinnern sich an ihn als den »unglaublich angstfreien General«. Denis Davidow giftete jedoch herum, er sei gar kein Fürst, das adlige Blut habe er nur mütterlicherseits, er sagte ihm sogar Homosexualität nach, aber das tat seiner Tapferkeit keinen Abbruch, und außerdem bekam er General Sablukows wunderschöne Tochter zur Frau, warum hätte man die einem Nichtsnutz geben sollen?!

Weiter im Text: Ab 1816 machte sich Fürst Madatow auf Befehl des Generals Ermolow im Kaukasus verdient: Er kämpfte und »wahrte die Ordnung des friedlichen Lebens der Bergvölker.« Als dann der russisch-iranische Krieg begann, wurde Madatow nach Tbilissi abberufen. Das war in den Jahren 1826-1828. (Achtung! Für uns ist das ein überaus bedeutsamer Zeitraum!)

Ich will euch aber nicht mit Einzelheiten aus den letzten Lebensabschnitten des Generalleutnants Valerian Grigoris Dse Madatow langweilen: warum Paskewitsch ihn hinter die Front beorderte, warum er nach Petersburg geschickt wurde, an welchen Orten er noch kämpfte und so weiter – das ist nicht unsere Aufgabe, davon zu erzählen.

Der wichtigste Fakt ist, dass er 1829 in Petersburg an Tuberkulose starb, beim Kloster Alexander Nevsky begraben liegt und sein Portrait die Militärgalerie im Winterpalais ziert.

Ich schloss, dass das Haus diesem Madatow gehört haben musste – doch dann tauchte von irgendwoher ein zweiter Madatow auf. Auch er hieß V., lebte im 19. Jahrhundert, war aber kein General, sondern Fabrikant, außerdem mehr zum Ende des Jahrhunderts, als der wackere General schon einige Zeit tot war. Also muss das Haus ihm gehört haben, denn man fragt mich zu recht: »Wozu sollte sich ein General so ein riesiges Haus bauen, wenn ganz Sololaki sowieso ihm gehörte?« Sololaki sei in der Hand der Armenier, was ich denn gedacht hätte. Ich habe keine Antwort auf die Frage parat, sag nur: »Was weiß ich ...?«

Ich möchte euch versichern, dass ich überhaupt nichts gedacht habe, weil nämlich ein dritter Madatow aufkreuzte. Er hieß Rostom, E.I.R., nicht V., und als ich mir sagte, jetzt ist alles klar, will mir der Informant weismachen, der Valerian, hieß der nicht Rustom?! Doch, hieße er. Wo ist der Unterschied zwischen Rustam und Rostom? Ich drehte endgültig durch. Man nahm mich eifrig mit in die Militärbibliothek und las mir vor, dass Rostom Madatow Mirsadschana gebürtiger Armenier war (war ja klar), in Aserbaidschan geboren wurde (bis heute habe ich keine Ahnung, ob Karabach zu Armenien oder Aserbaidschan gehört, deshalb sage ich dazu lieber nichts), lebte natürlich in Georgien und schrieb sogar Gedichte. Seine Freunde in Georgien waren Grigol und Alexander Orbeliani, Giorgi Eristawi und David Qorghanaschwili; mit solchen ehrwürdigen Leuten war er befreundet, tja – Tbilisser Logik – wer würde ihm sonst Madatows Insel geben! Zudem war der Verdammte auch beim Militär, wenn auch kein General, sondern nur Unteroffizier, na und? Hundert Jahre kommen uns vor wie nichts, wieso sollte da ein militärischer Rang noch von Bedeutung sein?! Das alles spielte sich also im 19. Jahrhundert ab, Rostom oder Rustam, auf jeden Fall Madatow, starb 1837. Ich hab meine Nase in große Ungereimtheiten gesteckt, aber was soll's.

V. Madatow hatte eine Tochter, die sehr jung an Tuberkulose starb. Der erschütterte Vater begrub sie auf dem Friedhof oberhalb des Hauses – niemand kann sich erinnern, dass es dort jemals einen gab, macht aber auch nichts – und ließ von einem italienischen Architekten das erwähnte Türmchen aufs Haus bauen, damit er von dort das Grab seiner Tochter sehen konnte. Schau, das Plechanow-Kaufhaus hat die gleiche Kuppel, was hast du gedacht, wer die gebaut hat? Was die Tuberkulose betrifft, das scheint eine genetische Krankheit zu sein – deshalb wird wiederum dem General Madatow die Vaterschaft für die Tochter zugeschrieben, schließlich starb der ja auch an Tuberkulose ...

Version zwei: General Madatow hatte eine tuberkulosekranke Tochter. Das wissen wir schon. Aber nach dieser Version war der Madatow nicht jener General Madatow, sondern hatte nur die Frau eines Generals zur Ehefrau und würde seine Tochter wohl kaum irgendeinen reichen armenischen Großhändler, einem (die Jungs von der Straße benutzten genau dieses Wort, ich bin fast umgefallen) Chenunzi zur Frau gegeben. Na gut. So oder so liebte Chenunzi seine Frau sehr und fuhr nach der Hochzeit mit ihr zur Kur in die Schweiz. Damals war gerade Revolution (die Rede ist vom Jahr 1917), deshalb kehrten sie nicht zurück, das Haus hatte keinen Besitzer mehr und es wurden darin 13 Familien einquartiert, obwohl General Madatow (der 1829 gestorbene) keiner war, der jemanden in sein Haus gelassen hätte, nicht für umsonst nannte man ihn den »Blutigen Madatow«!

Madatows Tochter, sieh an, die müsste trotzdem 1830 geboren sein, das heißt, der verliebte Chenunzi hatte seine 87-jährige Ehefrau zur Kur geschickt, nicht etwa in einen kümmerlichen Kurort, sondern in die Schweiz.

Danach waren es jedoch keine Madatows mehr, die sich vermehrten, es waren Chenunzis – er selbst blieb zwar in der Schweiz, züchtete aber im Turm des Sololaki-Hauses Tauben, und später, als man das Haus zur »Kommunalka« machte, wohnte er in der Schweiz, aber in Tbilissi im Turm, zusammen mit Turteltauben und anderen Vögeln?!

Ich persönlich höre jetzt wirklich auf, in der Madatow-Geschichte herumzustochern: Ich habe Angst, dass ich mich entweder verdopple, verdreifache oder dass ich so manchen aus Sololaki auf falsche Gedanken bringe, nach dem Motto: »Madatow war zwar kinderlos, aber trotzdem mein Großvater.« Was in Wirklichkeit passierte, können diejenigen besser als ich erklären, die sich im Staatsarchiv in das Stimmengewirr von drei Madatows und zwei Chenunzis vertieft haben und denen keine dummen Fragen herausrutschen, wer das nun gewesen ist und was es mit ihm auf sich hat. Nun, was spielt es denn für eine Rolle, welcher Madatow das kleine Schloss gebaut hat? Die Hauptsache ist doch, dass er es sehr gut hinbekommen hat und mir reicht es, dass ich, mit Gottes Segen, auch heutzutage eines der schönsten Häuser Tbilissis betreten kann.

Richalskis Haus

Am 7. März 1913 schrieb Ekaterina Fjodorowna Richalskaja einen Antrag an die Selbstverwaltung der Stadt Tbilissi. Sie bat die Bauabteilung, ihr zu erlauben, auf dem Grundstück, das ihr Eigentum war, ein zweistöckiges Haus mit Keller zu bauen. An seiner Nordseite grenzte das Haus an die Gunibstraße, im Osten lag die Malinowskistraße, südlich und westlich davon befand sich das Grundstück der Frau Surgunowa. Für die Bauarbeiten zeichnete Ingenieur Charadse verantwortlich.

Ich habe schon immer gewusst, dass ich auf der Barnowstraße ein Haus hatte. In meiner Kindheit war ich dort gewesen, damals war es mir wie ein Verlies vorgekommen. An der Wand hing ein ausgestopftes Eichhörnchen mit gefletschten Zähnen, im Eingang grollte ein Wasserhahn. Das Haus, in dem ich aufgewachsen bin, hatte riesige Zimmer – Decken mit bis zu fünf Metern Höhe, die Hälfte der Wand bestand aus Fenstern; vielleicht konnte ich mir deshalb als Kind nicht vorstellen, in dem düsteren »Barnow'schen Haus« zu wohnen, und hielt es allgemein für Menschen unbewohnbar. So dachte ich damals und irrte mich gewaltig.

Als mir vor einigen Jahren das Geld ausging, interessierte mich, was aus dem Barnow'schen Haus geworden war – ich dachte mir, ich könne es verkaufen. Dann fand ich heraus, was es damit auf sich hatte, verkaufte es nicht und werde es auch nie verkaufen. Ich bin nun mal sentimental, na und?!

Zuerst hatte ich Angst hineinzugehen, deshalb erklärte sich Guga Kotetischwili bereit, mich zu begleiten – bis heute bin ich ihm dafür dankbar. Guga steckte seine Hand in irgendetwas Furchterregendes (er ist generell ein mutiger Mann), und berichtete mir, dass das Haus von einem riesigen Luftschacht oder einer Art Röhre durchzogen war, ich weiß gar nicht, wie ich es nennen soll, und deshalb bliebe es vor Feuchtigkeit geschützt. Aus dem Schacht zogen wir massenhaft Müll heraus und entdeckten auch in anderen Räumen Teile dieser Ventilation. Sie war durch eine kleine, verzierte Metalltür begehbar, aber an einer Stelle war ein Ziegel heruntergefallen und man kam nicht hinein

Ich schämte mich vor Guga: Beim Öffnen der Fensterläden stiebten mir plötzlich Federn entgegen, ich kriegte einen riesigen Schreck und kreischte wie eine Tussi. Mittlerweile weiß ich, dass es die Federn einer Turteltaube waren, jenes sympathischen Vogels, der in der Zypresse nistet. Die Zypresse steht direkt vor dem Fenster und von dort schwebten natürlich die Federn herunter. Aber damals fand ich es wirklich beängstigend, alles kam mir wie schrecklich verhext vor. Zudem war das Haus verwahrlost und dunkel und ich hatte vorige Nacht einen idiotischen Traum gehabt:

Irgendeine Frau öffnete mir die Tür und ich fragte, wer zum Henker sie denn sei, und sie sagte, sie sei Iwanowa und wohne hier. Ich wusste, dass Iwanowa eine Mieterin gewesen war, die in dem Haus der Tod ereilt hatte. Die Iwanowa hatte mir jetzt gerade noch gefehlt. Guga ließ sich von solchen komischen Parallelitäten nicht beeindrucken und fragte mich eifrig, wie sie aus diesem Keller (in meinem Traum war es tatsächlich ein Keller) hätte herauskommen können.

Seit ich meinen Fuß in das Haus gesetzt habe, verfolgen mich Legenden, Aberglaube und irgendwelche Rituale. Es gab dort diese Frau Iwanowa und ich wusste genau (woher ich das wusste, weiß ich allerdings nicht), dass auch einer der Eigentümer, Herr Rakowitsch, in meinem Zimmer verstorben war; und es fiel mir ein Sprichwort ein: Von einer herrenlosen Kirche ergreift der Teufel Besitz. Deshalb entfachte ich vor der Renovierung in allen Ecken ein knisterndes Feuer. Man sagt, Feuer reinigt alles – jedenfalls habe ich das so gehört, außerdem ist es ein herrlicher Anblick und eine schöne Vorstellung, wie die hässlichen Dämonen schreiend davonrennen. Irgendwer hatte mir vorgeschlagen, einen Priester zu holen, aber mir tat es leid, mein schönes Haus mit Weihwasser durchweichen zu lassen und auf bärtige Männer bin ich auch nicht gerade scharf.

Es kursieren folgende Legenden: Die beiden Häuser, jenes, welches jetzt »Barnowstraße Nr. 64« heißt, und das Haus gegenüber, hatte der polnische Oberst Richalski für seine Töchter gebaut, die – wie alle Erzähler wer weiß warum ausdrücklich betonen – Tuberkulose hatten. Die Papiere von 1945 wiesen den Oberst als Richalewski aus, in Schreibschrift hieß das Haus jedoch Ekaterina-Richatzki-Haus. Alles ein großes Missverständnis. Vielleicht vertraute man einfach Ekaterinas Unterschrift, die muss ja am besten wissen, ob sie eine Richalskaja war oder jemand anderes.

Ich kann nicht sagen, ob Ekaterina Tuberkulose hatte oder nicht und wie die Geschichte mit ihrer Krankheit überhaupt aufkam (ich habe den Verdacht – und bereichere so die Folklore des Wera-Viertels – dass damals die verlauste Bevölkerung einfach neidisch war, warum sollte eine polnische Frau zugleich schön und reich sein). Als Beweis für die Tuberkulosegeschichte zieht man zuweilen die Existenz des Zypressengartens heran. Ich weiß noch nicht mal, wie Herr Rakowitsch die Tochter von Richalski zur Frau bekommen hat und welche Leidenschaften eine Rolle spielten. Fakt ist, dass Rakowitsch zu der Zeit schon zum Besitzer des Hauses in der Barnowstraße 48a wurde. Zusammen mit der wunderwunderschönen Ekaterina und dem Haus fiel ihm der in ganz Tbilissi bekannte Flieder- und Zypressengarten zu.

Dank meiner Nachbarin gedeiht der Flieder, den Garten gibt es auch noch, er ist ein bisschen kleiner als zu Beginn des vergangenen Jahrhunderts, aber trotzdem schön. Eine von den verbliebenen Zypressen, ihr erinnert euch, steht vor meinem Fenster und eine Turteltaube wohnt darauf. Sie brütet und ihre Jungen beschmutzen auch die Küchentür, aber was soll ich machen, ich werde ja wohl kaum mit Steinen nach ihnen werfen. Ich ärgere mich oft darüber und würde die echte Bewohnerin des Wera-Viertels mit Vergnügen bewerfen, aber wenn ich sie träfe, würde sie sterben, und wenn ich sie verfehlte, ginge das Fenster vom Nachbarn kaputt. Beide Varianten wären peinlich und eine Schande.

Rakowitsch und Richalskaja bekamen eine Tochter, Elena. In Zusammenhang mit dieser Frau kann man nicht nur Legenden, sondern sogar Tatsachen finden: Im Wera-Viertel erinnert man sich noch heute an die Malerin mit dem außergewöhnlichen Äußeren und ihren Ehemann Herrn Dsigurow, der auf diplomatische Mission in die Türkei geschickt worden war. Richalskis Haus gehörte nominell ihr und die Leute, die darin wohnten, hatten Mieterstatus. Über die Leute hat Elena niemals schlecht gesprochen, ihrer Aussage nach waren das alles kultivierte Menschen und keine »schmutzigen Proletarier« wie die in andere Häuser Einquartierten.

Das einzige Buch, in dem etwas über Richalskis Haus, oder vielmehr etwas über den Namen überliefert ist, ist Jaba Iosselianis »Limonadenland«. Ich habe Herrn Jaba gebeten, mir etwas über das Haus zu erzählen. Er erzählte mir ungefähr dasselbe wie ich vorhin: Er habe irgendwann selbst in dem Haus gewohnt, über mir. Dann haben wir entdeckt, dass die Kommode, die seine Mutter beim Auszug aus der Wohnung verkauft hatte, ein sogenannter Marlenow (das ist eine Abkürzung für Marx und Lenin), bis zur Revolution Händler der ersten Gilde, namens Nachitschkarian erworben hatte. Danach hatte der Marlenow offenbar auch finanzielle Schwierigkeiten und die Kommode mit der charakteristisch gewölbten Seite tauchte wieder in der Barnowstraße auf, sie steht bei mir im Haus. Zurzeit ist die Kommode die älteste Bewohnerin des Richalski-Hauses.

Zwei Etagen (die weiteren Etagen und der Erker wurden erst später angebaut) beherbergten die »Herrschaften«, das zeigen auch die Höhe der Decken, die wertvollen Kamine und die hohen Fenster auf diesen Etagen. Unten, wo ich jetzt wohne, wohnten die Bediensteten. Nun, ich nenne meine Wohnung stolz »Praisement« …

Später wurden auf der Barnow Häuser mit vielen Stockwerken gebaut (ich will sie nicht hässlich nennen, die Eigentümer lieben ihre Wohnungen darin sicher auch), deren Dachrinnen taugen überhaupt nichts und nach jedem Regen hängt ein feuchter Geruch in der Luft. Das ärgert mich, aber was soll ich machen. Ich weiß, dass solange ich lebe, den Wänden nichts geschieht, sie sind sehr dick, aus Ziegelsteinen gebaut, stellenweise sind Flusssteine eingefügt. Es wird mir erhalten bleiben.

Um diese Wände kahl zu sehen, müsste ich sehr lange kratzen, und wenn ich ein bisschen romantischer und weniger faul wäre, würde ich ein Muster jeder Tapetenschicht lassen – zehn verschiedene mindestens kämen zum Vorschein, lustig bunt. Im kleinen Zimmer war auch die Decke bemalt. Habt ihr schon mal die alten Häuser in Tbilissi gesehen, speziell dort, wo die Künstler wohnen? Rund um die Kronleuchter gibt es gemalte Vögel und ähnliches. Bei mir waren es Kamillenblüten. Die Malerei war aber dermaßen verdorben, dass ich sie entfernt habe. Wenn ich mal gute Laune habe, werde ich neue hinmalen.

Nun will ich euch eine neue Geschichte erzählen, die schon eine halbe Legende ist, dieses Mal eine Familienlegende – darüber, wie weder ich, noch Rakowitsch, noch Richalskaja die untere Etage des Richalski-Hauses bekommen haben.

Meiner Großmutter sei Dank dafür. Wenn auf der Barnow ein guter Morgen anbricht, rufe ich bisweilen: »Gott erleuchte deine Seele, Großmutter Anna!« Ich kann das aus vollem Halse rufen, die Wände sind sehr dick und die Nachbarn kriegen keine Angst.

Zu jener Zeit, als in der Sowjetunion das Geld an Wert verloren hatte, war meine Großmutter mit der ehemaligen Hofdame, Olga Grigorijewna Daniilowa befreundet, Ehefrau des Vorgesetzten der persönlichen Kanzlei seiner Majestät Nikolos dem Zweiten. Diesen ehrenhaften Mann hat man natürlich erschossen, Olgas Tochter Lusja floh nach London und bis heute weiß keiner, ob sie tot oder lebendig ist – damals keine Seltenheit.

Frau Daniilowa ließ sich bis zum Ende nicht von ihrer gefallenen Existenz unterkriegen; sie hungerte, aber aß vom silbernen Löffel, sie hätte nie Kleider aus Baumwolle getragen, sie war doch keine Magd! Offenbar sortierte sie fleißig Freunde aus, denn, um es mit ihren Worten zu sagen, es waren allerlei Gauner ihrer nicht würdig. Diese Worte kann ich nur als Kompliment auffassen, weil unter den erlesenen Freunden auch meine Großmutter und die ehemalige Eigentümerin des Richalski-Hauses, Frau Rakowitsch-Dsigurowa waren. Daniilowa hatte die beiden Frauen einander vorgestellt. Und dann erdreistet sich tatsächlich jemand aus dem »Lumpenproletariat« und bricht einen Streit um das Haus der Dsigurowa vom Zaun, welche wiederum meine Großmutter als Anwältin bestellt und, stellt euch vor, sie gewinnt den Rechtsstreit. Deshalb, ihr erinnert euch, Geld ist nichts wert, beschloss die dankbare Dsigurowa, meiner Großmutter Anna etwas zu schenken und nach langem Überlegen ließ sie ihr die Wahl: entweder eine antike Möbelgarnitur oder das Barnow'sche Haus. Großmutter wählte das Haus, Gott sei Dank. Wozu zum Henker brauch ich antike Möbel! Vor allem, wenn ich schon eine wunderschöne Kommode und ein Eisenbett von der Daniilowa habe. Und das Barnow'sche Haus liebe ich genauso wie Mutter, Vater und, wahrscheinlich, wie meine Heimat.

Schutzengel und ähnliche Wesen

Ich bin keine große Verehrerin der Gegend, aber der Herbst ist dort wirklich schön, besonders jener Herbst. Es war warm, ich hatte Geld und sogar frei bekommen, und wir erlaubten uns, in dem Café am alten Wachposten im historischen Zentrum ordentlich Bier zu trinken und ausgiebig zu reden. Das Wetter war gut und das Bier auch.

Außerdem trug ich neue Schuhe. Sie drückten zwar ein bisschen, aber Niko fand, sie würden mir stehen, und in Anbetracht dessen, dass aus seinem Munde selten etwas Gutes kam, war ich sehr zufrieden. Zumal ich passend zu den Schuhen neue Strümpfe gekauft hatte, und zwar spitzenbesetzte. Diese Spitzen sah zwar sonst kein Mann, aber ich wusste ja, dass sie schön waren, und glaubte, ich sei auch schön, und das ist ein fantastisches Gefühl. Stolz präsentierte ich die Strümpfe Niko und er fand sie superschick. Nun, von den schicksalhaften Strümpfen kamen wir auf Marina zu sprechen und dann auf die Engel.

Niko nannte Marinas Namen nicht, aber ich konnte mir schon vorstellen, welcher Frau er Strümpfe kaufen würde. Außerdem standen Strümpfe mit Naht hinten keiner Frau so gut wie Marina – sie hatte wirklich sensationelle Beine. Und so ungezogen und unerträglich wie sie sich im Allgemeinen benahm, so schön war sie auch, das war nicht zu leugnen. Niko stellte sie mir damals in einem Keller vor, auf der Ausstellung irgendeines Konzeptkünstlers – solche hatte Niko wahrlich im Überfluss –, und als sie den Mund aufmachte, starrte ich sie erstaunt an und dachte: bravo, Junge, da hast du dir aber eine Frau geangelt!

Den Hintergrund der Geschichte von Marina und Niko erzählte mir ein langnasiger Tscheche. Von eben jenem Tschechen erfuhr ich, dass Marina, nachdem sie einige Jahre mit ihm zusammen gewohnt hatte, meinen Schatz Nikolos für einen italienischen Pizzabäcker sitzen ließ, und dass es sie jetzt in die hinterste Provinz verschlagen hatte, wo sie fett werden würde. So oder so schien die italienische Provinz allemal noch besser zu sein als ihr heimatliches Barnaul. Es brach mir das Herz – wie kann man meinem Niko bloß so übel mitspielen?!

Sei es drum, Ende Oktober saßen Nikolos und ich auf dem von pestverseuchten Tauben wimmelnden Platz, hatten die Beine auf ein Steinpodest hochgelegt und Niko erzählte, wie er einer Frau Strümpfe aus Norwegen mitgebracht hatte – schwarze aus Seide, hinten mit Naht …

»Aus Norwegen?«

»Ja. Es war im März, es war kalt. Ich bin mit einem Zirkus mitgereist.«

Niko ist der unsportlichste Mensch der Welt.

»Was gibt es da so hämisch zu lachen? Ich hab auf dem Markt Pfannkuchen gebacken. Was grinst du? Es sind super Pfannkuchen geworden.«

»Das glaub ich gern.«

Nun, Niko brachte der Frau Strümpfe mit und die eröffnete ihm daraufhin, sie würde ihn nicht mehr lieben. Sie würde ihn nicht mehr lieben, und er solle abhauen.

»Und was dann?«

»Und dann? Dann bin ich abgehauen. Zum Bahnhof. Ich setzte mich auf den Bahnsteig und starrte auf die Uhr, bis der Zug kommen würde. Hier fahren sie ja pünktlich, und ich dachte, wenn ich fünf Sekunden vorher runterspringe, dann kann er nicht mehr anhalten.«

»Erzähl keinen Scheiß!«

»Ich schwör's bei meiner Mutter!«

»Du hättest sterben können!«
»Was du nicht sagst! Erzähl keinen Scheiß ...!«
»Spinnst du?«
»Warte, lass mich weitererzählen: In dem Moment stellt sich ein Mädchen vor mich hin und fragt nach einer Zigarette.«
»Aber so was macht man hier doch nicht!«
»Das war ja das Komische, damit fing es an. Ich dachte so bei mir, der nächste Zug kommt ja sowieso gleich und sagte ihr, dass ich keine habe. Aber wenn sie wolle, würde ich ihr was Besseres zu rauchen geben. Sie sagte: ja, aber hier fetzt das nicht, lass uns zu mir gehen.«
»Fandest du das Mädchen gut?«
»Was weiß ich, war halt ein Mädchen ... ich stand auf und ging mit. Sie sagte, sie würde gleich hier wohnen.«
»Und dann?«
»Wart's ab. Sie nahm mich mit bis in die oberste Etage und ich erinnere mich genau, dass im Bad ein Glasdach war und dass da riesige Farnpflanzen wuchsen. Und am Morgen weckte sie mich und sagte, das sei gar nicht ihr Haus, der Besitzer sollte uns besser nicht erwischen. Ich werde ja nicht von allein wach, sie hatte mich eine ganze Weile rütteln müssen, dann stürzte ich Hals über Kopf hinaus, sie meinte, sie käme auch gleich runter.«
»Manche Leute haben echt Nerven ...«
»Warte. Ich ging also runter und setzte mich neben den Treppenaufgang. Sie kommt nicht. Ich warte – sie kommt nicht. Ich gehe hoch, klopfe an – nichts. Ich gehe wieder runter. Ich warte. Den ganzen Tag hab ich gewartet. Dann ging ich zum Bahnhof.«
»Um zu springen?«
»Nein, Mann, daran konnte ich mich noch nicht mal mehr erinnern. Ich wartete.«
»Ist sie gekommen?«

»Nein. Sie blieb verschwunden. Das ganze Haus war ich abgegangen – es hatte nur einen Ausgang. Sie war einfach weg.«

Es wurde dunkel. Dann wurde es kühl. Wir leerten die letzten schalen Neigen aus den Bechern. Plötzlich quietschte und kreischte irgendetwas fürchterlich, ich weiß nicht einmal, wie ich das beschreiben soll. Die Tauben flogen flatternd auf.

»Was ist los? Hast du das bis jetzt noch nie gehört? Die Banken schließen, die Schutzgitter in den Unterführungen werden zugemacht.«

»Und das macht solchen Krach?«

»Vielleicht extra deshalb, damit sich die fette Bourgeoisie freut, dass ihr Geld gut geschützt ist. Das Geld und das Judenzahngold ....«

Beim Aufstehen zerriss ich mir die Strümpfe, war ja klar.

»Ärgere dich nicht«, sagte Niko, »ich kauf dir neue.«

»Nett von dir«, antwortete ich.

Berikaoba – Berika-Fest

Nun, ich habe eine Rechtfertigung: Ich bin nur deswegen getäuscht worden, weil alles zur falschen Zeit passiert ist. Ansonsten bin ich, die Mutter aller georgischen Mysterien und die Voraussetzung der Erleuchtung Iberiens, eine, die in solchen Sachen nie falsch liegt. Was soll's – Irren ist menschlich.

Die Berikaoba ist im Frühling, stimmt's? Wer weiß, zumindest habe ich das so gelernt. In der Regel ist das so: Wenn der Winter zu Ende geht, zur Zeit der Tagundnachtgleiche im Frühling, wird einer, sagen wir, ein Enuki, Benuki oder Babuta zum Berika und die anderen zu seinen Mitstreitern. Berika lässt alle Träume wahr werden: Er verbrennt alles Unnötige, was sich den Winter über in deinem Haus und Kopf angehäuft hat, besiegt deinen Feind, macht dir eine Liebeserklärung, singt und tanzt und erscheint dir letztendlich als jemand, der dich, wenn du noch nicht ganz abgestumpft bist, glauben lässt, dass alles Böse der Vergangenheit angehört, ein neues Leben beginnt und du zu allem fähig bist, denn du bist stark, jung, schön und überhaupt rundum großartig.

Der Haken an der Geschichte besteht nur darin, dass Berika sich eines schönen Morgens eben wieder in Enuki, Benuki oder Bubuta verwandelt und du, wenn du noch nicht ganz abgestumpft bist, merkst, dass er nicht derselbe ist wie gestern; aber mach dir nichts draus: Das ist normal, er ist nur Berika, solange die Show läuft. Wenn sie vorbei ist, musst du keine Existenzkrise kriegen, das hab ich nämlich schon durch, hab's einfach auf den Suff geschoben. Gott sei Dank haben das nur die Wände gehört.

Im nächsten Jahr gibt es einen neuen Berika oder du wirst selbst einer sein. Ist das nicht sowieso besser?

Jedenfalls lief mir genau so ein Berika über den Weg, nur ein bisschen zur falschen Zeit – im Winter. Es war einer dieser geistlosen Tbilisser Winter, weder richtig kalt, noch richtig warm, und mein Gefühl war genauso lau. Es passierte nichts Gutes, aber so Schlimmes passierte auch nicht, dass ich mich umbringen oder zu L. fliehen mochte, in irgendein depressives Land. Ich dachte, den Winter bringe ich schon noch rum, und dann mal schauen, was passiert, und entspannte mich.

Zu Neujahr tauchte mein Marco Polo von irgendwoher auf, keine Ahnung, wo er sich herumgetrieben hatte; in letzter Zeit schien er ziemlich durchgedreht zu sein, sein Talent zum Geschichtenerzählen war ihm schlichtweg abhanden gekommen. Ich war nicht gerade begeistert, ihm zu begegnen, dieser Mensch bringt nur Unheil; dass er auftauchte, verhieß nichts Gutes. Die Erfahrung durfte ich schonmal machen, ich kann mich noch gut daran erinnern. Tja, er tut mir wirklich leid, schließlich kann er ja nichts dafür, er ist wie er ist.

Also riss ich mich zusammen und begrüßte meinen weitgereisten Freund mit Herzlichkeit. Er ließ mich einen Schluck Cognac aus seiner Flasche nehmen, und zur Freude der Umstehenden sorgten wir für weiteren Gesprächsstoff, indem wir uns gegenseitig Koseworte zuwarfen: »Mein Schatz«, »Mein Liebling«, »Mein Sonnenschein«. Nach fast einer Stunde eröffnete mir mein »Sonnenschein«, er sei nur aus Sehnsucht nach seiner Frau zurückgekommen – nach jener Frau, die er vor ungefähr acht Jahren sitzengelassen hatte. »Weißt du, seitdem ich weg bin, hatte sie keinen anderen«, sagte er. Was du nicht sagst! Ich verschluckte mich am Cognac und lief blau an.

»Das heißt, sie liebt mich noch und ich habe jetzt begriffen, dass ich sie auch liebe«, fuhr er fort. Freut mich zu hören, ehrlich! Aber was rege ich mich überhaupt auf, hab ja vorher gewusst, dass der Typ ein Blödmann ist.

Ende vom Lied: Wir fanden uns bei mir zuhause wieder, voll bekleidet mit Hose, Schuhen und Jacke auf einer Matratze auf dem Fußboden, und der Kerl fing an, unsere Zukunft zusammenzuspinnen:

»Stellt dir vor, wir wären verheiratet. Wir liegen wie jetzt warm aneinander gekuschelt, morgens um sechs müssen wir aufstehen und in die Fabrik zur Arbeit gehen. (Was für ein Glück!) Es ist natürlich kalt draußen, wie es der Winter so an sich hat. (Das wird ja immer besser!) Jedenfalls gehen wir in die Fabrik, freuen uns schon auf unser Treffen in der Pause zum gemeinsamen Mittagessen (Ach du grüne Neune!), abends gehen wir dann nach Hause und machen alles gemeinsam (Na, was wohl?), später gehen wir ins Bett und haben vielleicht sogar Sex (Aha!), aber wahrscheinlich eher nicht, denn wir müssen ja am nächsten Morgen wieder früh raus. (Das macht mich so dermaßen superhappy!). Ich werde dich sehr lieben. (Ich Glückliche!) Im Sommer fahren wir für zwei Wochen in die Ferien nach Sairme oder so, vielleicht auch ans Meer, später werden wir immer wieder gern daran zurückdenken. (Wahrscheinlich, weil wir dort Sex hatten!) Irgendwann wirst du dann von mir gelangweilt sein (Garantiert!) und du findest eine neue Arbeit (Ganz bestimmt, du Traumtänzer!) und wenn du ausgehst, weiß ich, dass du dich mit einem anderen Mann triffst (Gut kombiniert, du Genie!), aber ich liebe dich trotzdem immer noch sehr, sage deshalb nichts, sondern leide still vor mich hin.« (Wenn's Spaß macht ...?!)

Wie würde er erst leiden, wenn diese idiotischen Hirngespinste Realität würden; ich konnte kaum mehr zuhören.

Damals, als ich noch jung und optimistisch war, liebte ich diesen Mann und ahnte nichts von seinem Irrsinn, nun, vielleicht liebte er mich auch, aber höchstens ganz kurz und dann nicht mehr; ich bin darüber sowieso fast verrückt geworden. Und jetzt liege ich neben ihm und bin so froh, dass seine Träume nicht in Erfüllung gehen werden, Gott sei Dank ...

So ging unsere Beziehung weiter, bis zum dritten oder vierten Treffen riss er sich mächtig zusammen, es sich nicht mit mir zu verscherzen. »Meine Frau!«, jammerte er. Fick deine Frau, hätte ich am liebsten gesagt.

Er tauchte mit ihr am Nebentisch auf, dieser Bastard, küsste ihr die Hände wie der letzte Volltrottel, meine Güte. Sie sah zu allem Überfluss auch noch blendend aus: blond, gute Figur, schick gekleidet. Sie weinte, aber selbst die Tränen standen ihr. Sie schien gar nicht so eine Idiotin zu sein, wie ich gedacht hatte: Sie wollte nicht zu ihm zurück, aber für mich machte das keinen Unterschied, die Sache mit Marco war gegessen.

Da fiel mir ein, ein paar Wochen bevor mein liebster Marco bei mir auftauchte, hatte ich einen Typen kennengelernt, der mir sehr gefiel und ich dachte, in diesem Winter könnte eigentlich noch was Schönes passieren. Nun, nachdem an jenem Abend die Freude und die Engel der Liebe gemeinsam mit Marco aus meinem Haus gewichen waren, machte ich etwas für mich völlig Ungewohntes – ich rief den Mann an.

So trat er in mein Leben, hier soll er nur unter dem Namen »Berika« bekannt werden, denn sein Vorname, Nachname, Alter und sozialer Status spielen überhaupt keine Rolle, lasst euch das gesagt sein – einfach nur Berika, okay? Im trostlosen Januar begann die Kheenoba, eine Art Fasching, den man auch als Berikaoba oder so etwas kennt, also eine Riesenshow, die ich diesem Wesen verdanke, denn jedes Mal habe ich die Hoffnung, dass er mir in süßer Erinnerung bleibt.

Vor einiger Zeit hatte ich L. versprochen, seine Briefe aufzubewahren und später, wenn ich zu seiner Biographin werde, ein Buch mit seinen Episteln im Anhang zu veröffentlichen. Das, wie auch alles andere, die Tagundnachtgleiche, die statt im Frühling schon Mitte Januar kam, schrieb ich ihm nun. Und weil ich ein großer Fan von dokumentarischer Prosa bin und euch Lesern das Berikaoba-Phänomen besser zu erklären versuchen möchte, als mit meinem bisherigen verwirrten Gefasel, lasse ich euch jetzt noch ein paar Hintergrundinformationen zukommen, indem ihr einen Blick zurück in mein unantastbares Archiv von L.s Briefen werfen könnt.

Samstag, 18.34 Uhr
Hey, mein Chanum, endlich Glück gehabt, was? Den Afghanen, den du wolltest, habe ich leider nirgends finden können. Immer dasselbe mit der Political Correctness.
L.

Donnerstag, 14.54 Uhr
Wo hast du den Tschatscha her?
Die Geschichten sind total interessant. Halt mich auf dem Laufenden.
Zum Glück gibt es wenigstens von dir gute Nachrichten.
L.

Der irreale, damals aber durchaus fühlbare Mann – der aus dem Nichts in mein Leben gestürzte Berika – war um einiges größer als ich und, was mir am meisten gefiel, waren seine großen Hände. Wenn er zu Besuch kam, streifte er seine Ringe ab und ich staunte über seine riesigen Finger – in jeden seiner Ringe passten drei meiner Finger. Ich sagte ihm, solche Steine tragen in China die Weisen. Er lachte. Ich mochte ihn sehr.

Außerdem war seine Haut über und über mit Tattoos bedeckt. Ich war fasziniert von diesen Bildern. Während er duschte, setzte ich mich auf die Türschwelle, beobachtete ihn und versuchte, die Motive zu erkennen; ich sah eine Sonne, einen Adler und noch andere Dinge. Früher hätte ich auch gern solche Tattoos gehabt, aber ich hatte Angst, den Schmerz nicht ertragen zu können und mit einem halbfertigen Bild aus dem Laden zu flüchten. Es tut überhaupt nicht weh, sagte er.

Manchmal schrieb er mir Briefe. Keine mit Grüßen, sondern eher ungewöhnliche: Wenn er etwas gelesen hatte, schickte er mir ein gutes Zitat daraus, oder er schrieb einfach, was ihm in den Sinn kam. Ich kann allerdings nicht viel Latein. Was bedeutet das, fragte ich ihn: Abyssus abyssum invocat?

Eine Tiefe ruft eine andere Tiefe nach, also: Ein Irrtum kommt selten allein.

Aha!

Immer, wenn er auftauchte, hatte er etwas Neuartiges dabei: geheimnisvolle Flöten, die tiefe Töne von sich gaben; seltsame Instrumente spielte dieser Mann, mit denen er Musik machte, von der ich nicht mal den Namen kenne. Er erzählte eigenartige Märchen, ich wusste nicht, ob sie traurig oder lustig sein sollten; seine Reisegeschichten, in denen immer schöne Frauen vorkamen und die einen magischen Hauch von Erotik hatten. Er war ein wundervoller

Erzähler, sehr künstlerisch, wahrscheinlich war er deswegen als Berika so glaubhaft. Einmal brachte er was fürs Essen mit, und als er die Sachen auspackte, wirkten auch sie wie Illustrationen aus einem Märchenbuch: winzig kleine, hübsche Pilze, kunterbuntes eingelegtes Gemüse, georgisches »Schoti«-Brot, das aussieht wie ein Fisch, der im fernen, warmen Wasser schwimmt.

Ich war immer dann glücklich, wenn wir allein waren, unter Leuten weniger. Nicht nur, weil er ein wunderbarer Liebhaber war und bei seinem Anblick (muss ich zugeben) mein Herz einen Sprung machte, sondern auch, weil die anderen nicht wussten, dass er Berika war. In Gesellschaft war er nicht er selbst, er wirkte wie ein erfolgreicher Durchschnittsgeorgier, zu welchem er nach der Berikaoba tatsächlich werden würde. Solche Männer lagen einst wie bunte Steine am Strand des Schwarzen Meeres und suchten mit den Augen nach ungebräunten, also noch ungebundenen Frauen.

L. amüsierte sich sehr. Man hatte den Eindruck, ihm fielen angesichts meiner Geschichte seine eigenen Berikaoba-Erlebnisse wieder ein, und das fand er wohl aufregend. Er konnte sich noch genau daran erinnern, wie solche mystischen Verbindungen meist enden, er hatte die die gleiche Hoffnung gehabt wie ich, dass jemand die Natur der Berikaoba begreifen und kein Herz aus purem Ungeschick verletzen würde.

Donnerstag, 17.51 Uhr
Schreib mal, Chanum, was gibt's Neues?
Ich hab Hans getroffen, er möchte dir ein Paket schicken, ein riesiges, und er hofft, dass ich es auch tragen kann. Ich glaube, ich schaff das nicht.
Er hat Kaffee, Aspirin, ein Buch von Jerofejev (auf Deutsch!

– auch hier sind manche nicht ganz dicht) und noch andere Sachen eingepackt. Schau, wie gut alles läuft!
Dann werden wir in Europa einen reichen Mann finden und alles wird gut. Bis dahin musst du Erfahrungen sammeln. Lass dich bloß mit keinem Idioten ein, schon gar nicht mit so einer roten Kommunisten-Socke.
Gib die Hoffnung auf eine bessere Zukunft nie auf.

Gruß, L.

Normalerweise rede ich sehr viel, aber ich traute mich nicht, Berika zu sagen, dass er ein sehr guter Mann ist. Ich konnte einfach nicht. Oh, ich konnte Hans' Kaffee kaum erwarten. Ich hatte kein Geld mehr, wollte Berika aber mit irgendwas eine Freude machen, zum Beispiel mit Hans' Kaffee. Bis das Päckchen ankam, war die Berikaoba zum Glück schon vorbei, denn er hätte mir im Streit den Kaffee über den Kopf gegossen, ich hätte ihm einen Kerzenleuchter über die Rübe gezogen, und dann hätte er mich sicher umgebracht.

Bevor es soweit gekommen ist, rief er auf der Straße aus dem Auto heraus nach mir, strahlte über das ganze Gesicht, als ob er nicht mich in einer von Zigarettenglut verbrannten Daunenjacke, sondern die tanzende, den Sonnenaufgang besingende Mata Hari gesehen hätte.

Samstag, 19.29 Uhr
Hier ist alles ruhig,
schreib mal, in wen du verliebt bist. Ist es derselbe wie vor einem Monat oder ein neuer?
Wirst du dich in Tbilissi oder in Jerewan mit der Frau treffen?

L.

Jedenfalls war dann, wie es die Tradition und das Gesetz will, die Berikaoba vorüber, die Show war genauso zur falschen Zeit vorbei, wie sie begonnen hatte.

Eines Tages, beim Teetrinken, fand der Kerl heraus, dass nicht die Feierlichkeiten zu Ende waren, sondern dass ich nicht die Prinzessin mit den goldenen Haaren bin. Schlimmer noch, er merkte – ach du meine Güte, wie konnte ich nur – dass ich manchmal gerne einen über den Durst trinke, wirklich gut Backgammon spiele, ab und zu sogar um Geld – oh, wie peinlich, so einer Frau überhaupt Hallo zu sagen, besonders, wenn du in elitären Kreisen verkehrst und mit einstudiertem, inspiriertem Gesichtsausdruck irgendwelchen konzeptionellen Kram anschauen willst! Zu allem Überfluss geht mir von Zeit zu Zeit das Geld aus. Er hätte doch nachfragen können, dann hätte ich was gesagt.

Nun sind dem Jungen also die Augen aufgegangen und er fand sich in der Realität wieder. Ich kann mich noch an jedes Wort erinnern, an jeden Spruch, jede Bewegung dieses Traummannes, von dem ich bis zu jenem Abend glaubte, ihn zu kennen. Ein bestimmter Satz hat sich mir besonders eingebrannt: »Hattest du etwa vor, auf meine Kosten zu leben?« Dann war alles vorbei, Berikaoba, Bairamoba, nenn es wie du willst.

Ich rief meinen lieben Nachbarn an – noch so ein Engel! Er kam, trank einen Tee und wir spielten bis zum Morgengrauen Backgammon. Ein Platz bleibt niemals leer ...

Armer Berika. Wahrscheinlich bist du jetzt enttäuscht, dass du nicht verstanden hast, worum es hier ging – du hast nichts begriffen von heidnischen Feierlichkeiten und davon, dass du auf etwas stolz sein kannst: Einmal im Leben warst du Berika.

Freitag, 15.17 Uhr
So ist das Leben, Chanum. Arschlöcher gibt es überall. Männer lieben es, jemandem was beizubringen. Also mach dir nichts draus. Und sonst?
Guck mal, wenn du vorbeiläufst, wie mein Haus renoviert wird.
Glaubst du, Enuki, Benuki und Babuta amüsieren sich wieder, im Gegensatz zu uns?
Grüß die Armenierin von mir und reserviere sie für mich. Vielleicht klappt es ja mit ihr.

L.

Ein schöner Abend

*Nach so vielen Wintern ist es schon nicht mehr wichtig,
wer oder was am Fenster hinter der Gardine steht.*

JOSEPH BRODSKY

Einmal hat ein Mann, den ich damals zugegebenermaßen über alles liebte, mir folgende tolle Frage gestellt:
»Du stehst auf Frauen, oder?«
Nein, tu ich nicht. Genauso wenig wie auf Männer, Kinder, Alte, auf Menschen im Allgemeinen. Selbst Tiere oder Pflanzen reißen mich nicht vom Hocker. Mein Herz quillt über vor Hass. Das habe ich dem Mann aber nicht geantwortet, ich wollte ihn in dem Glauben lassen, dass in mir eine gute Frau steckt, eierte total herum, ich hätte es laut sagen sollen, warum zierte ich mich, er würde sich auf der Stelle vom Acker machen, und wir würden uns weniger hassen. Ich bin eine Idiotin.

Vor einigen Jahren kam ein Mann – diesmal ein anderer, ein guter – auf die Idee, mir den Traum eines jeden Sowjetkindes zu erfüllen: Erinnert ihr euch, wie die Prinzessin in dem Film »Römische Ferien« Eis isst – wer hätte das nicht auch gern gehabt? Und er kaufte mir ein großes Eis, bunte Kugeln, Himbeer, Schoko, Vanille. Ich fand es total eklig, aber schließlich lebte ich ja auf Kosten des Mannes, nutzte seine Gutmütigkeit böswillig aus und außerdem liebte er mich damals noch und hielt mich für einen normalen Menschen, also aß ich das ganze schreckliche Zeug auf, rief »Hipp, hipp, hurra« und bekam auf einem völlig unnützen Provinzbahnhof Magenkrämpfe.

Wenn ich nur jetzt Magenkrämpfe hätte. Magenkrämpfe sind echt krass. Man wird verrückt vor Schmerzen und der kalte Schweiß bricht einem aus. Am besten noch, wenn man in einem Provinznest wie diesem ist, wo man mit aufgelöstem schwarzem Haar gleich auffällt, und die Klamotten, die du trägst, eigentlich nur Junkies tragen, und wo man – was die Hauptsache ist – Fremde auf den ersten Blick nicht ausstehen kann, vor allem kranke und arme. Mit all diesen Attributen ausgestattet, legte ich mich auf den Bahnsteig und blickte in den fremden Himmel, hey hey, echt tödlich, besonders in so einem blöden Ort mit »-berg« am Ende; wie angeekelt der bierbeschwipste Polizist auf mich runterschaut! Und was für ein Gesicht der Typ bei meinem Anblick zieht!

Ich sitze in der Küche, blicke den Mann an, der mich irgendwann mal mochte, jetzt jedoch findet, dass ich versoffen, übellaunig und verkappt lesbisch bin und ihm davon schlecht wird, ich hingegen hasse ihn, ey, und wie ich diesen Kerl hasse, oh mein Gott! Und da fällt mir der Bahnhof ein, jener Sommer – der Geruch des heißen Asphalts, des verschwenderisch teuren Deos und der Hände auf meinem Gesicht, wie mir zum Sterben war und ich nicht starb, und auch jetzt werde ich nicht sterben, Junge, du verdrückst dich doch sowieso.

Warum ich diesen Mann so nahe an mich herangelassen habe, konnte ich mir nicht erklären. Wann wir anfingen einander zu hassen, weiß ich auch nicht mehr. So eine Situation hatte ich noch nie erlebt, keine Ahnung, wie ich mich benehmen sollte. Verstört starre ich also die Wand an, sage nichts (was bei mir selten vorkommt) und rufe mir jenen heißen Sommer in Erinnerung: Der Zug ist eingefahren, drei Minuten vergehen, aber ich schaff es nicht, vom bespuckten Bahnsteig aufzustehen, noch dazu achtet sowieso keiner auf mich, die saubere Bürgerschaft steigt in den Zug, den ich auch nehmen müsste, sonst würde ich hier als Denkmal stehenbleiben, komm, du sollst einsteigen, sei es auf allen Vieren, sei es kriechend, denn der nächste Zug kommt erst morgen und du hast kein Geld für eine neue Fahrkarte und kannst dich auch nicht zur großen Straße schleppen, um ein Auto anzuhalten. Ich rufe die Heilige Ivlita zu Hilfe und die zwölf Kapellen von Ieli, stelle mich auf alle Viere, dann mehr oder weniger auf die Füße, steige in den Waggon, presse meine Tasche an die Brust und schlafe den Schlaf des Gerechten, bis der Schaffner kommt und mich polternd anbrüllt. Ich wähne mich in irgendeinem alten sowjetischen Film.

Genauso brüllte mich der Typ an. Wie bitte? Auf seinem Gesicht stand geschrieben, Mannomann, ist die taub. Wenn er mich so hasst, warum hat er sich denn hierhergequält? Warum bist du so sauer, frage ich ihn, nun, ich hätte fragen sollen, warum er ausrastet wie ein Tollwütiger, aber ich sag ja, ich bin eine Idiotin. Er fragt, was ich denn erwartet hätte. Was für ein außergewöhnlicher Dialog.

Ich hatte auch schon bessere Gespräche. Rühr dich nicht vom Fleck, sonst setzt es was. Oha! Zudem befand ich mich damals auf fremdem Territorium, in der Wohnung des Traumtypen, aber immerhin, ich hatte Geld, stoppte ein Taxi und flüchtete damit nach Hause. Dort angekommen schaltete ich das Radio ein, die Nachbarn sollten mein Geflenne nicht hören und meiner Mutter nicht petzen, ihr Kind sei durchgeknallt. Es erklang ein Lied: weder Instrumentierung noch Melodie noch sonst irgendwas taugte, aber der russische Text traf ins Schwarze: »Geschieht dir recht!« Fand ich toll. Nun, wie ihr seht, habe ich es überlebt, und auch jetzt ertrage ich sein gereiztes Schweigen. Was hat der Typ für ein Problem?

Hauptsache, ich tue mir nicht selbst leid. Man lässt sich nicht anmerken, dass man alles satt hat, vor Einsamkeit durchdreht und von einer Gasexplosion träumt. Es herrscht immer noch Schweigen, der Mann hat das verstaubte Radio auf dem Schoß, in seinen Augen bin ich offensichtlich eine Drecksau. Er fängt an zu reden, erzählt mir von einer Frau, oh, was für eine Frau, die war nicht so eine Sau wie du, Täubchen, bla-bla und so weiter und so fort. Die Frau ist mir total schnuppe und alles andere auch, ich würde nur gern wissen, was sein Problem ist, warum er mich dazu bringen will, ihm in den Hintern zu kriechen, warum sage ich ihm nicht einfach, verschwinde aus meinem Haus, hau ab, du Null, du Abschaum.

Bei schönem Wetter kann man manchmal den Wunderberg Ialno und den weißen Felsen in der Ferne erkennen. Früher dachte ich, ich könnte dem Typen unsere Hütte zeigen und ihm Geschichten erzählen, wie Alik den Wolf Migella geliebt hatte und wie Watsche und ich in einer ausgetrockneten Schlucht nach Wasser gesucht hatten. Warum auch immer.

Auch das wird vorbeigehen, der Typ wird sich irgendwann verdrücken. Hauptsache, ich vergesse eines nicht: Hass ist eine starke Macht, und den Abend überlebe ich auch noch.

Meine Freundin Marischa

Wenn man mich fragen würde, ich finde, sie ist eine relativ schöne Frau: zierlich, aber sehr adrett, mit Brüsten von der Größe, dass sie für zwei Frauen reichen würden, blondem Haar – gefärbt, denn soweit ich mich erinnere, hatte sie früher hellbraunes –, es fällt bis zu ihrem Hintern, und was für ein Hintern, oh ... Dieses schöne Haar – »lang und nutzlos wie mein Leben«; später schnitt sie es mit einer krummen Schere ab, das aber erst gegen Ende der Geschichte. Bis dahin jedoch lebte diese Marischa, trotz ihres absolut slawischen Aussehens mit einem georgischen Namen gesegnet, in der sonnigen Stadt Tbilissi, webte Gobelins und dachte, was für ein Glückspilz sie doch sei.

Die Wurzel von Marischas Unglück lag in ihrer äußerst eigenartigen Religiosität. Ich kenne sonst niemanden, der beim Linsenkochen zum Heiligen Nikolaus ruft: »Gib dir Mühe, Liebster!« und beim Beichten weint – nicht aus Reue, sondern aus Liebe. Kein Scherz. Ich muss euch berichten, dass Marischa, die Gott und dessen Gefolge überaus zugetan war, sie hatte auch einen so ausgezeichneten Draht zu ihnen, nicht viel aufs Fasten und ähnliche Regeln gab. Ich wunderte mich sehr, als sie nach einigen Jahren schrieb: »Ich weiß, dass es Gott gibt und dass ich mit ihm irgendeine Verbindung habe, ich weiß bloß nicht, was für eine und möchte es nicht wissen.«

Marischa wurde erwachsen, wenn auch mit ungewissem Lebensweg, aber darauf kommen wir dann noch zu sprechen.

Klar, dass die ehrwürdigen Patres die reine, lebensfrohe und blutjunge Marischa für sich entdeckten und für ihr Glück sorgten. Böse Zungen flüsterten zwar, warum sollte man unbedingt eine Russin heiraten (obwohl Marischas slawische Hälfte angeblich nicht russisch war), aber was soll's ... Der Mann konnte sagenhaft gut singen, seine Augen funkelten gefährlich, er war mit seiner Frau streng, bloß konnte er nichts tun, war unschuldig, grob gesprochen: impotent. Wahrscheinlich würde Marischa als Jungfrau sterben, wäre Alla, ihre hippiemäßige, abgewrackte, vom Drogenkonsum durchgeknallte Nachbarin, nach Marischas »Löcher-in-den-Bauch-Fragerei« nicht in die Kirche geeilt, zu Pater Sosime oder Sofrom – ich weiß nicht mehr genau, wie der hieß, seitdem ist viel Zeit vergangen –; sie verfluchte ihn aufs Ärgste, benannte seine Impotenz und ließ es auch nicht an Beschimpfungen sein bestes Stück betreffend mangeln. Dann schickte sie Marischa mit der aufrichtigen Zustimmung der Mutter zu ihrer alten Freundin und Mitstreiterin Marietta ins Baltikum, damit sie zur Besinnung kommen konnte und verstehen würde.

Zu Beginn der 90er Jahre, ihr erinnert euch vielleicht, gab es im Baltikum großen Aufruhr – besonders, und das wissen die wenigsten – bei Marietta; und vor dem Hintergrund jener großen Ereignisse erstrahlte in Marischas Leben irgendein stattlicher (Brust raus, Bauch rein) Mann namens Stolitschni, der, abgesehen von diversen weiteren wertvollen Eigenschaften, die lettische Staatsbürgerschaft, eine Dreizimmerwohnung und eine gewisse Genialität besaß. Seiner Ansicht nach waren Marischas kaukasische Gobelins nicht besonders erwähnenswert, dafür aber andere Sachen, zum Beispiel ihre üppige Brust und ihre entzückenden Augen, fand Stolitschni völlig okay. Es herrschte viel Liebe, Sex und Wirrwarr. Was unser Held mit ihr machte, weiß keiner, sogar Marischa konnte das nicht erzählen. Fakt ist, dass sie mir drei Monate später zufällig in Moskau begegnete, in einer Kommunalwohnung, sie trug eine riesige Brille, schleifte einen langen

Zopf hinter sich her, das Kleid umflatterte ihre Knöchel und ihr Sprachniveau war merklich gesunken. »Möchtest du Bauernsuppe mit Brotstücken?« Die Arme fastete.

Die Kommunalwohnung war ein wunderbarer Ort. In einem Zimmer vegetierte Marischa – sie schlief, aß, betete und wimmerte. Das zweite Zimmer bewohnten der Alkoholiker Slawik und dessen Frau Karina, eine Armenierin aus Tbilissi; Slawik säuberte sich die Fingernägel mit dem Küchenmesser, Karina erzählte mit glänzenden Augen auf Georgisch, wie sie Slawik umbringen würde, sobald er in Moskau gemeldet sei. Sein Kommentar dazu war stets: »Leckt mich doch!« Mehr als diese Worte habe ich von ihm nie vernommen, und wahrscheinlich selbst Karina nicht. Im dritten Zimmer wohnte ein Mann, dessen Name bis heute im Dunkeln bleibt. Die Frauen in unserer Geschichte begegneten ihm nur zweimal und nannten ihn einfach Ziegenbock, deshalb halten wir uns jetzt nicht weiter mit ihm auf.

Nun zurück zum Anfang der Geschichte. Religiosität spielte also in Marischas Leben eine große Rolle. Eben dank der Fasterei und ihres Getrippels in die Kirche lernte Marischa einen getauften Juden kennen, einen um hunderte Jahre älteren Poeten, »netter Mann« (behauptete Karina, ich hab ihn nicht mit eigenen Augen gesehen – Gott sei Dank!), und heiratete ihn. Man muss Marischa zugute halten, dass sie sich bis dahin ordentlich mit dem Dichter herumwälzte, weil sie die Fehler ihrer früheren Ehe nicht noch einmal begehen wollte, aber die Gefahr kommt, das muss ich euch in Erinnerung rufen, wie immer schleichend, das hatte niemand für möglich gehalten, sogar die oben erwähnte Alla nicht.

Eines strahlenden Morgens zog der Poet ein großes Messer, sagte zu Marischa, ich weiß von deiner Untreue, du Nutte, und stach ein-, zweimal zu. An jenem Abend, im

Krankenhaus, fand sie heraus, dass der Mann nach einem langen Aufenthalt in Isolationshaft der Staatssicherheit, infolge der Einnahme tausenderlei Präparate und eines Gendefektes an Schizophrenie litt, oh oh! Der Mann kam in eine Klinik, Marischa kehrte ins Baltikum zurück.

Die Orientierung des Stolitschnis hatte sich in der Zwischenzeit gravierend geändert, weswegen Marischa während er in Saudi-Arabien unterwegs war, einem Ralf seine Wohnung überantwortete. Den Heimkehrer erwartete eine riesige Telefonrechnung, im Kühlschrank gelagerte Zigarettenkippen und im Eingang die Aufschrift: »AAA«. Marischa war fort.

Offenbar war ihre Mutter aus Angst vor den großen Veränderungen in Georgien den Nachkommen zuliebe nach Moskau geflohen, hatte eine Wohnung in Jasenewo gemietet, wie Alla betonte: »am Arsch der Welt«, und Marischa war zu ihr zurückgekehrt.

Die Baltikum-Geschichte erzählte sie mir nach einigen Jahren, in der Küche der furchtbaren Wohnung. Man glaubt es kaum: Die von Hunger und Einsamkeit verängstigte Frau war zusammen mit einer Schönheit aus Wologda mit Hilfe einer Zeitungsanzeige in einem Büro gelandet, wo nach lockerer Unterhaltung und näherer Betrachtung von den Männern 100 Dollar pro Nacht verlangt wurden, und gleich beim ersten Mal – Was für ein Glück! – geriet sie an einen jungen, romantischen und begüterten Mann, der von Marischa völlig hingerissen war, und natürlich war auch sie hin und weg von dem Jungen. Nach zwei Wochen war der Mann verschwunden, stattdessen klopften zwei Bullen an die Tür. Keine Ahnung, wonach die beiden suchten, jedenfalls krempelten sie das ganze Haus um (danach machte Marischa wieder die Putzfrau) und verfrachteten das Mädchen für ein effektvolles Finale ins Auto, brachten sie zum Friedhof und verprügelten sie dermaßen, dass ihr der Stolitschni und der jüdische Poet dagegen harmlos vorkamen.

Als Antwort auf die Frage »Was willst du denn jetzt machen?« – nun, eine idiotische Frage, na und, vielleicht webt sie ja wieder Gobelins oder was weiß ich – entgegnete mir Marischa, was denn, siehst du nicht, dass ich gerade Haschisch zerbrösele?! Was hätte ich denn sagen sollen, natürlich hab ich das gesehen. Kurzum, sie hatte es nicht leicht.

»Diese Hornochsen«, klagte Marischa, »noch nicht mal ein Kind konnten die Kerle mir machen. Jedes Mal, wenn ich auf ihm saß, betete ich: Liebste Mutter Gottes, bitte, mach mir ein Kind. Aber nein, nix da, so ein Scheiß...«"

Offenbar war der, dem wir diesmal nachweinten (passend zum Lieblingsspruch Marischas »Der Sarg kann nicht leer sein«), ein erfolgreicher Fotograf, ehemaliger Tbilisser, mit echten georgischen Ansichten, der sagte zu Marischa, wer es wagt, Mädel, dir was zu tun, den jage ich in die Luft, und überhaupt, die können sich alle sonstwohin ficken. Sieh mal, erstmal gehe ich in den Kaukasus in den Krieg und mache fette Kohle mit meinen bahnbrechenden Fotos, dann heirate ich dich und mach dir Kinder und ficke alle ins Knie.

Bis dahin war Marischa auf Arbeitssuche gewesen (als Kellnerin nahm sie keiner, sie sei zu alt und zu klein), jetzt kämmte sie sich vor dem Spiegel das Haar, trallala, und schlug die Zeit tot. Das Kleid weiß, aufgebauscht – echt durchgeknallt, die Frau! Bat die Mutter: »bestick mir das«; *handmade* oder sowas.

Nur, dass der gute Mann nicht die anderen ins Knie gefickt hat, sondern Marischa selbst, er trieb Geld auf und ward nicht mehr gesehen. So war das.

Man muss das nicht noch weiter ausführen. Vier Jahre lang hatte ich Marischa nicht gesehen und jetzt, wo der Herbst vor der Tür steht, flattert mir ein Brief ins Haus – wer hätte das gedacht? »Wo treibst du dich rum? Ich bin in Paris. Glaub einer ollen Schabracke wie mir: Das Zusammenleben von zwei verschiedenen Geschlechtern ist ein rein gesellschaftlicher Zwang. Meinst du, ich gehe vor dem Haus mit dem Kinderwagen spazieren?! Da kannste lange warten, Madame! Jedem, wie er's verdient. Scheiß drauf. Marischa.«

In Liebe an den Liebsten

Erinnere dich an meine Worte:
Es passiert überhaupt nichts Gutes
und es wird auch nicht passieren.
LASCHA B., TBILISSI, 1999

Aber vielleicht ist gerade das
deine von den Karten vorausgesagte Karma-Liebe.
MAJA K., BERLIN, 2000

Frauen in diesem Alter bezeichnet man im Allgemeinen mit diesem speziellen Wort – Schlampe. Oder Flittchen. Wie es euch lieber ist. Da ist was Wahres dran: Jenseits des 30. Lebensjahres ist es unsinnig, über moralische Ansichten zu philosophieren, auch pflegen die Männer meiner Nation gern mit ihren Auffassungen in die vernebelte Vergangenheit zurückzugreifen.

Leute über Dreißig können eines absolut klarstellen: »Das ist mein Leben, und ich kann damit machen, was ich will.«

Wenn du die 30 überschritten hast, willst und kannst du mehr tun als früher, aber die Wahrscheinlichkeit, dass dich dann wirklich noch jemand begehrt und ertragen kann, ist äußerst gering, und es lohnt noch nicht einmal, einen Gedanken daran zu verschwenden. Mach dir keine Illusionen, mein Schatz.

Bei Frauen in meinem Alter haben Beziehungen mit Männern – außer mit den paar wenigen, die irgendwo rumlaufen und den Grips haben, sich nicht weiter mit unsereins einzulassen – Nahkampfcharakter.

Der Beweis für die völlige Sinnlosigkeit des Unterfangens ist die Tatsache, dass du sie überhaupt nicht brauchst. Weder ihr Geld (du fütterst den Typen mit Essen und Trinken durch, schickst ihn dann sogar mit dem Taxi nach Hause, damit ihm bloß nichts zustößt), noch seine Wohnung (hundert Leute sind schon da drin eingepfercht, Vater hat nämlich beschlossen, dass er unbedingt in einer Vierraumwohnung sterben soll); die Schwiegertochter hat eine komplizierte Schwangerschaft, und solange du dir nicht die Hosen nass machst, kommt sie nicht vom Klo runter; in der Loggia – und da gehört sie auch hin! – hustet die möchtegern-intelligente KGB-Schlampen-Oma rum; die Mutter, ein Landei, kann dich nicht ausstehen – ›was will so eine denn von meinem Augenstern?!‹

Oh, mein Gott!!!

Junge, wer braucht dich und wofür, so unverträglich und unglücklich wie du bist?

Aber die Mutter hat dich belehrt und wahrscheinlich auch dein obercooler, smarter großer Bruder – ist zwar schwer vorstellbar, das überschreitet seinen sprachlichen Horizont nämlich bei weitem –, dass eine Frau, und zwar eine jenseits der Dreißig (!) kreuzgefährlich ist und dich ausbeuten wird. Unser Junge, ob mit 25 oder 45, das macht keinen Unterschied, ist ein zartes Wesen, aber diese Frau, und dann noch über 30! Eine Schlampe ist sie, verschlagen und gefährlich dazu.

Natürlich gibt es auch harmlose Frauen. Mädchen. Mädchen ficken nicht. Mädchen geben sich einfach hin, wenn du sie lange anflehst und ihnen versprichst, dass du sie heiratest. Welche Mädchen magst du? Große, schlanke, was weiß ich. Du musst also eine Tochter aus gutem Hause zur Frau nehmen; und ansonsten lassen sich die Vertreter des weiblichen Geschlechts in drei Gruppen einteilen: Ehefrau, gute Freundinnen (das sind weibliche Wesen, die aus unterschiedlichen Gründen, hauptsächlich jedoch aus Hässlichkeit nicht zu ficken sind) und Frauen, die Gebrauchswert haben. Letztere kannst du zum Tanzen ausführen oder zum Chinkali-Essen einladen. Und was die Hauptsache ist: Du kannst mit ihnen deine geheimsten sexuellen Fantasien ausleben – was werden die Kumpels von dir denken ... Und mit diesem Mund sollst du danach noch meine Mutter küssen?! Diese Frauen tauchen meist im Sommer auf.

Die Ehefrau schickt man derweil auf Erholungsreise: hoch nach Zchneti, Kodschori, Kiketi, Manglisi. Schöne Orte, saubere Luft, man ist in einer halben Stunde in Tbilissi (ich kenne da allerdings einen krassen Fahrer, der hat es in 7 Minuten runter nach Bagebi geschafft!), einmal in drei Tagen gibt es sogar fließend Wasser und alles. Am Wochenende kommt auch mal der Vater rauf, bringt Wassermelonen und seine Kumpels mit, betrinkt sich; und die zart sonnengebräunte Ehefrau – Unterhemd und Höschen schauen raus, aber sie ist doch keine Nutte, dass sie sich ganz auszöge –, der Kumpel würde sie mit Vergnügen vernaschen, wenn sich die Gelegenheit böte.

Um ungesunde und selbstverständlich vollkommen unbegründete Eifersucht zu vermeiden, ist es wünschenswert, dass er seine Gelüste mit seiner eigenen Frau auslebt, obwohl die im Vergleich zu deiner aussieht wie ein Alien, aber was soll's. Mit ihrer Freundin, dieser Schlampe, wirst du sie ja kaum ausgehen lassen, deren Arsch hat schon für ganz Eurasien hergehalten! Von der lässt du dich in Tbilissi besuchen, dienstags oder mittwochs; wenn du zur Besinnung gekommen bist, und wenn sie es dir nicht besorgt, bist du erst recht davon überzeugt, dass sie eine Hurenschlampe ist, die kann dich mal kreuzweise ...

Aber der Mann, um den es geht, hat mit diesem wunderbaren Treiben bisher nichts am Hut gehabt. Immer mit der Ruhe, mein Liebster! Klar, er hat noch alles vor sich, präsentiert sich uns mit den besten Voraussetzungen: An seinem Äußeren und den Männlichkeitssymbolen gibt es nichts auszusetzen; wir haben einen ehrenhaften Beruf und finanziell gute Aussichten, nur dass wir erst seit einem Monat dort arbeiten, wir können es uns nicht jetzt schon dort verderben, ein Rest von Menschlichkeit ist uns noch geblieben, und Aids waschen weder Alkohol noch Tabletten weg; einen Bruder haben wir auch, sympathisch, gebildet, erfolgreich, er fragt höflich und mit angemessenem Misstrauen: Was soll ich ihm ausrichten? Nichts, mein Guter, bin ich mir selbst Feind?

Ein Mann zu sein ist eine tolle Sache, besonders wenn du so jung bist und immer noch glaubst, mein Lieber, dass alles gut ist und gut wird. Schau mal: Du hast mit der Frau noch nicht mal zwei Worte gesprochen, verwechselst ihren Vornamen, sie schläft gleich mit dir, sagt, was du doch für ein toller Hecht bist. Es ist wahr, sie hat überhaupt nicht verstanden, was du wolltest, plappert irgendwas, groß und warm, sagt sie. Du weißt aber gar nicht, mein Lieber, dass die Frau in der vorigen Nacht im nassen Zelt schlief – es ist kalt gewesen, du Herkules, dein Grab! Dass ihr in der Morgendämmerung kaum warm geworden ist, dass sie schon lange keinen Orgasmus hatte und jetzt so zufrieden ist, dass sie fast singt: »Mama, Mama, Tag des Sieges.«

Nun, wer sagt schon so was zu dir, mein Lieber.

Dann begegnest du also glatt dieser Frau, rein zufällig; würdest du sie nicht anrufen? Wer ist sie bloß? Also, du begegnest ihr und nimmst sie mit nach Hause, und dann: ihr treibt es, ihr raucht. Du ziehst nicht mal die Hosen aus, ziehst sie nur runter, schließlich bist es doch nicht du, der gefickt wird! Ihr treibt es, ihr raucht. Die Frau scheint zweifelhaft. Warum streicht sie dir mit der Hand über den

Kopf? Sie führt doch wohl nichts im Schilde? Gefährliche Sache. Deshalb erzählst du ihr schnell, du hättest ein Mädel – ha, was für ein Wort – ein Mädel, jung und schön, oh ja, du würdest es so enttäuschen, wenn es etwas mitbekäme; du Schlampe.

Die Schlampe traut sich viel, rate mal, was sie darauf sagt? Verpiss dich! Verarsch mich nicht, du musst deinen Platz kennen!

Sie zu beschimpfen hat keinen Sinn, sie ist eine Schlampe, deshalb verpass ihr eine oder zwei; du bist überzeugt, dass du nicht ihr erster bist, die übersteht das schon, die wird bei dir bleiben und ihr treibt es, ihr raucht. Ihr treibt es, ihr raucht.

Vielleicht wäre es immer so weitergegangen, es ist einfach Sommer und die Schlampe steht auf der Straße, macht Geld mit irgendwelchen dubiosen Reisen gemeinsam mit dubiosen Männern – sie hat ja weder einen Ehemann, noch fährt sie zur Erholung nach Kiketi oder sonst wohin –, und kein Mensch weiß, wann sie kommt und geht, nun, du wirst sie doch wohl nicht anrufen?! Im September wird dein Mädchen zurückkommen aus Schekwetili, braun, mit einem Tattoo, das drei Tage hält, und im Prinzip wird es Zeit zu heiraten. Du wirst eine Frau haben und alles andere auch.

Und wenn die Ehefrau dann zum zweiten Mal schwanger ist – schließlich soll dein Kind nicht als Egoist aufwachsen – siehst du Licht im Fenster und klopfst in jugendlichem Leichtsinn bei jener Frau, die mittlerweile ein biblisches Alter erreicht hat, und wenn sie sich dir hingibt, bist du wieder aufs Neue davon überzeugt, dass sie eine Schlampe ist.

Ich, Margarita

Es gibt eine Schlucht, eine sehr schöne, und die hat wahrscheinlich jeder Georgier schon mindestens einmal besucht. Man sagt, dass sie die letzten Jahrhunderte von einer Hand zur anderen ging, erst vom Sultan erobert, danach von den Persern, dann wieder von den Türken. Dann riss sich Paskewitsch das Pascha-Reich von Akhalziche unter den Nagel und die Schlucht wurde Eigentum der Russen – die georgischen Fürsten verkauften sie ihnen auf der Stelle.

Just in der Russenzeit wurde einer auf die Mineralquellen aufmerksam – möge seine Seele in Frieden ruhen. Nach ein paar Jahren hatte eine Truppe georgischer Grenadiere im Urwald einen Weg zu den Quellen angelegt, ringsum niedliche Häuslein gebaut und alsbald wurde die Schlucht zu einem lustigen und belebten Ort.

Im Jahre 1871 wurde die Schlucht dem Großfürsten Michail Nikolajewitsch übergeben, und ausgerechnet ihm verdanke ich komischerweise meine Vorfahren. Alle um mich herum wissen mindestens, wie ihr Urgroßvater hieß, ich aber weiß so gut wie nichts. Ich weiß nur, dass der Großfürst Michail Nikolajewitsch bei meiner Geburt die Hand im Spiel hatte, natürlich unbeabsichtigt. Hätte es ihn nicht gegeben, würde Michail-Gabriel nie Mineralwasserflaschen befüllen, die füllige Tanzia nie Fladen verkaufen und sie würden einander nie etwas zu erklären versuchen – irgendeine gemeinsame Sprache sollten sie ja haben ...

– 1 –

Obwohl der Großfürst vor fast 40 Jahren dieses Land verlassen hatte, war er in der Schlucht unvergessen: Den Palast gab es natürlich noch, der Bach hieß Fürstenwasser, zwei Männer trugen den Namen »Velikiknjas« – Großfürst – und ein kleines Mädchen hieß Tanzia – nicht wegen der Tanzerei, sondern dem Schild mit der Aufschrift »Stanzia« – Haltestelle –, welches zu Ehren des Großfürsten am Bahnhof aufgestellt worden war.

Tanzia hatten die Fürsten in ihrem Hause aufgezogen, warum auch immer. Sicher war sie ein Waisenkind gewesen oder ihre Mutter eine Magd. Tatsache ist, sie wurde von ihnen erzogen und konnte deshalb lesen, schreiben und sprach ein kleines bisschen, für dieses kleine Dorf auf fantastischem Niveau, Russisch. Zusätzlich schenkten die Fürsten Tanzia auch ihren Nachnamen und gaben ihr, als sie heiratete, sogar Mitgift, was für die zu der Zeit schon beschämend verarmten Fürsten als Zeichen großer Großzügigkeit zu werten ist.

Tanzia war hübsch, klein, hellhäutig, vollbusig und für eine arme Frau ungewöhnlich selbstbewusst. Sie war immer sehr sauber gekleidet, und wenn die Sonne brannte, hielt sie ihr Gesicht mit einem Kopftuch bedeckt, damit ihre Haut keinen Schaden nähme.

Ihr Haus war hübsch und blitzblank poliert wie eine Münze. Sie war sehr stolz auf ihr Besitztum und besonders auf ihre Sitzecke – auf dem Sofa lag ein Teppich, den ihr Frau Margarita zur Hochzeit geschenkt hatte, mit einer Stickerei in der Ecke »Anno 1910«. Tanzia betonte gern, dass die Frau den Teppich extra für sie weben ließ. Nur die Jahreszahl stimmte ein bisschen nachdenklich, war es ja weder ihr Geburts- noch ihr Hochzeitsjahr, sie wäre um die drei, vier Jahre alt gewesen. Kein Mensch weiß, für wen der Teppich ursprünglich gemacht worden war. Zu der Zeit, als die Geschichte begann, schmückte er neben Kolchosepropagandaplakaten das Haus, in dem Tanzia alleine wohnte – sie war mittlerweile verwitwet und füllig, aber nach wie vor selbstbewusst, nicht umsonst tuschelte man in der Schlucht, sie sei eine Frau wie von einem Portrait.

Der Mann, der einst Tanzias Ehemann war, steckte ständig in Schwierigkeiten. Besonders arm war er nicht, bloß gab es wegen seiner Männlichkeit übles Gerede, und ein Dieb war er außerdem. Er stahl alles, völlig egal, was – ob nun einen Kürbis, der am Nachbarzaun baumelte oder Mineralwasser in dunkelgrünen Flaschen. Das Wasser strömte in solchen Mengen, dass man kaum wusste, wohin damit, und auch sonst gab es an diesem Ort fast nichts zu stehlen. Aber er klaute trotzdem und in der Nacht holten ihn dann seine Sünden ein: Er weckte die arme Tanzia, setzte sich aufs Sofa und begann vor Reue laut zu jammern. Natürlich besaß er keine Ikone und betete deshalb im flackernden Licht der von seiner Frau beflissen angezündeten Öllampe stattdessen die Propagandaplakate an – Kürbisse mit Beinen, Bauersfrauen mit breiten Füßen und die Aufschrift »Годовщина шефства РКСМ над флотом« –, aber was draufstand, wusste er nicht und selbst für Tanzia war der Text zu kompliziert.

Am folgenden Tag stahl der Mann weiter. Mal wurde er erwischt und verprügelt, mal nicht, was zu jammern gab es aber immer. Eines Tages wurde er jedoch in einer fremden Scheune aufgegriffen und offenbar etwas zu sehr verprügelt, in der Morgendämmerung fand man ihn am Fürstenwasser: tot. Zu Tode geprügelt schien er eindeutig nicht zu sein, nur was wirklich passiert war, weiß auch keiner, tot war er aber todsicher, man beerdigte ihn bei den Eichen, wo vor der Sowjetisierung eine blaue hölzerne Kirche mit goldener Kuppel gestanden haben soll. Frau Margarita sagte, sie habe den Namen ihres Engels getragen, aber das kann kein Mensch bezeugen.

Tanzia war nun also verwitwet und seitdem allein. Traditionsgemäß trauerte sie ein bisschen und lebte dann weiter wie bisher.

Tanzia war generell nie beunruhigt. Sie hatte weder die Revolution groß mitbekommen, noch die Sache mit dem Germanski und dem Krieg. Während dieser Jahre hatte sich in ihrem Leben so gut wie gar nichts verändert. Die Fürsten zogen in die Stadt und verschwanden später ganz. Nur Frau Margarita, oder – wie Tanzia sie nannte – Frau Margalita, kam im Sommer hin und wieder zu Besuch. Auch auf dem Dorf waren wenige Männer übrig geblieben, aber darüber hatte sich Tanzia nie den Kopf zerbrochen. Sie interessierte sich weder für die Stadt, noch für die Männer. Ihre Welt war so winzig, dass sie nur aus einer einzigen Schlucht bestand, das war für sie völlig ausreichend.

Später jedoch, als der Zweite Weltkrieg vorüber war, kamen die Kurgäste wieder zu den Quellen, und mit ihnen tauchten unbekannte Gesichter und neue Geschäftsmöglichkeiten auf. Das heißt, die Männer begannen, das Quellwasser auszuschenken; die Frauen, tausenderlei Kleinigkeiten zu verkaufen und zu tauschen. Auch Tanzia entdeckte ein neues Geschäft: Jeden zweiten Tag bestückte sie das Körbchen, das Frau Margalita ihr geschenkt hatte, mit zopfartig geflochtenen Kartoffelbroten, breitete eine bestickte Serviette darüber, hängte es an ihren Arm und trippelte zu den Quellen. Das tat sie nicht so sehr des Broterwerbs wegen, sondern vielmehr, um unter Leute zu kommen. Wenn man sie abends gefragt hätte, was an den Quellen so los ist, dann hätte sie wahrscheinlich gar keine

Antwort parat oder würde sich noch nicht einmal erinnern. Sie ging halt einfach hin und gut.

Nun ja, einmal passierte Tanzia, die wieder einmal »einfach so« dort hingegangen war, dieses Missgeschick. Ob das gute oder schlechte Auswirkungen auf sie haben würde – darüber konnte sie später noch nachdenken. Zunächst war entscheidend, dass überhaupt etwas passierte: Als sie zu den Quellen hochkletterte, rutschte sie beim Aufstieg aus und fiel hin, und zwar genauso, wie es sich für eine Frau ihres Formats nicht ziemte – tollpatschig. Und dann guckten auch noch die Leute, die Dorfbewohner und irgendwelche Fremden. Das war ihr so peinlich, dass sie erst später bemerkte, welches Ausmaß das Missgeschick hatte: Der Korb war vom Henkel abgerissen, der Boden herausgefallen, ihre schönen Fladenbrote lagen überall auf dem Weg verstreut.

Selbstverständlich eilten alle zu ihr hin und ein großes Ach und Weh brach los. Tanzia lächelte verschämt und verbarg ihre verschmutzten Handflächen. Sie wusste nicht so richtig, was sie mit dem Korb und dem Brot anfangen sollte, davon war nichts mehr zu retten. Also beschloss sie, sich zu benehmen wie eine Frau aus herrschaftlichem Hause und sich nichts anmerken zu lassen. Sie sammelte das zerbröckelte Gebäck in ihren kaputten Korb und, obwohl es ihr sehr leid darum tat, stellte ihn an den Wegesrand. Dann schüttelte sie die Serviette aus, steckte sie in den Ärmel und machte sich auf den Heimweg – wieder genauso trippelnd, Schritt für Schritt, nur schien sie sich ein wenig unbehaglich zu fühlen. Selbst mit Korb lief sie gewöhnlich eleganter.

Kurzum, es war etwas passiert, was Tanzia nicht vergessen konnte. Im Prinzip war zwar nichts weiter geschehen, als dass sie keinen Korb mehr hatte und daher nicht mehr zu den Quellen gehen konnte – in einer hässlichen verlotterten Schürze konnte sie die Brote ja wohl kaum hinbringen! Aber es war der Anfang der folgenden Geschichte, denn zwei Tage später hörte sie jemanden an ihrem Zaun rufen.

»Chasjajuschka!«

Ein Mann! Ein Fremder! Ein Russe! Mit kohlrabenschwarzem Haar! Mit tiefblauen Augen!

In der Hand hielt er ein Körbchen, aber kein herkömmliches, sondern andersartig geflochten. Der Mann stand hinter dem Zaun, hob einen Arm und zeigte Tanzia das Körbchen.

Tanzias Herz machte einen Sprung. Sie hielt den Atem an. Sie wusste nicht, was sie tun sollte. Ihn herein bitten? Nein, einen fremden Mann mit ins Haus nehmen, wo denkst du hin? Oje! Wenn sie nun nicht genug Russisch konnte? Wie angewurzelt stand Tanzia und schaute ihn an, die Hände vor dem Mund.

Auch der Mann schaute und schaute, stellte dann den Korb an den Zaun und ging. Ein-, zweimal blickte er sich noch um, aber letztendlich ging er trotzdem. Im Körbchen lag etwas, mit Maulbeerblättern zugedeckt. Tanzia hockte sich hin und zog die Blätter beiseite – es waren dunkelblaue Pflaumen.

Ach Tanzia, wer war bloß dieser Mann?

Dieser Mann war Russe, irgendwie aus einer anderen Welt. Er lebte am Ufer eines großen Flusses. Im Alter von drei Tagen wurde er in die Kirche gebracht und getauft. In der Gegend dort machten das alle so – das Kind schnellstens taufen, damit es, falls es stürbe, von Gott aufgenommen werde. Wer hatte denn jemals davon gehört, dass ein Ungetaufter beerdigt worden wäre?! Natürlich bekam er auch einen Namen: Gabriel. Nun kam es aber, dass der Taufpate total betrunken war und auch die Patin dem in nichts nachstand. Deshalb war ihnen der Name des Kindes gleich wieder entfallen. Da sie aber keine völlig gewissenlosen Unmenschen waren, erklärten sie den Eltern bei ihrer Rückkehr nach Hause, ihr Sohn hieße Michail.

So lebte nun dieser Michailo eine ganze Weile vor sich hin, und wenn in den 30-er Jahren nicht seine Zwangsaussiedlung angestanden hätte und keiner im Kirchenbuch herumgestöbert hätte, so wäre nie herausgekommen, dass er gar kein Michail, sondern ein Gabriel war.

Bis dahin hatte Michail-Gabriel aber schon ein langes Leben hinter sich gebracht, und eigentlich hätte ihn nichts mehr aus der Bahn werfen müssen. Dennoch passierte etwas Erstaunliches: Michailo drehte beinahe durch. Er zerraufte sich ständig den Bart und war kaum zu beruhigen. Michailo war schon vorher ein latenter Psychopath gewesen, aber diese Reaktion hatte nun wirklich niemand erwartet. Wie bitte? Wegen so einer Lappalie? Aber sei's drum.

Bis zu jener Zeit, als er die Sache mit seinem Vornamen erfuhr, hatte der fast vierzigjährige Michailo wirklich großartig gelebt. Unter anderem war er im ersten Weltkrieg gewesen. Als ganz junger Feldwebel diente er erst unter den Offizieren des Zaren, dann unter dem Verteidigungsminister der Übergangsregierung, dann unter den bolschewistischen Kommissaren ... Kurz gesagt: Er war mit Haut und Haar Soldat und zudem ein Held. Wirklich. Ein Orden für Tapferkeit, die goldenen und silbernen Kreuze des heiligen Georg in allen vier Graden ... wenn das nichts ist?! Wofür er die Orden erhalten hatte, ist nicht bekannt. Das hatte er nie jemandem erzählt. Außer eines: Am Ende zeichnete man ihn offenbar deshalb mit dem Georgsorden ersten Grades aus, weil er die anderen Orden wiedergefunden hatte.

Während des Krieges war Michailo Aufklärer gewesen, und als er nach einem seiner Aufträge in den Schützengraben zurückgekehrt war, musste er feststellen, dass er die Orden unterwegs verloren hatte. Natürlich ist das sehr unangenehm, das kann man nicht bestreiten. Aber – lasst euch das erklären – Michailo war bekannt dafür, aus unerfindlichen Gründen auszurasten und unerwartete Dinge zu tun. Auch in diesem Fall: Er kriegte es hin, hinter die feindlichen Linien zurückzukehren und seine Orden zu finden. Und dafür wurde er mit dem vierten Kreuz ausgezeichnet. Nach dem Krieg hatten die Gaidamaks – die ukrainischen Militärs – ihm offenbar alles weggenommen, alles, bis auf die Orden. Michailo hätte sie wirklich niemandem freiwillig überlassen, eher hätte er seine Seele hergegeben ...

In dieser Nacht tat Tanzia kein Auge zu, und ungeachtet dessen, dass sie in der Nacht große Pläne geschmiedet und beispiellos schöne Brote gebacken hatte, überlegte sie am morgen lange, ob sie nun gehen sollte oder nicht: Ihre Augen waren verschwollen. Aber letztendlich gab sie sich einen Ruck und ging doch.

Wäre sie nur in der Frühe aufgebrochen. Jetzt war es sehr heiß, und sie war völlig verschwitzt. Hoffentlich würde sie ihn nicht gleich hier treffen, an der oberen Quelle sind meistens weniger Leute, vielleicht könnte sie sich dort noch frischmachen ...

Gleich, als sie bei den Quellen angelangt war, sah sie den Mann von gestern. Bei den Eschen. Er saß mit dem Rücken zu ihr, offenbar aß er. Nur gut, dass er allein ist, wie groß er doch ist! Na gut, er saß, aber es fiel trotzdem auf!

Und plötzlich ängstigte sich Tanzia. An ihrem guten Aussehen hatte sie niemals gezweifelt. Sie wusste genau, dass sie eine fantastische Frau war – wer sollte sie nicht mögen! Jetzt aber ängstigte sie sich. Was, wenn sie ihm nicht gefiele? Wenn er von so weit oben auf sie herabschaute, was sollte er da von Tanzia sehen? Deshalb entschied sie sich, die Gelegenheit zu nutzen, solange er saß: Sie ging hin und bevor der Mann aufstehen konnte, kniete sie sich vor ihn und stellte den Korb mit Fladenbroten ab.

»Hat der Korb dir gefallen?«, fragte der Mann.

»Ja«, antwortete Tanzia. »Hast Du ihn gemacht?«

Der Mann sagte »ja« und dann noch irgendetwas, was Tanzia jedoch nicht verstand. Sie schämte sich und schob ihm deshalb ihren Korb hin:

»Iss!«

So lernten sich Michailo und Tanzia kennen. Jeden zweiten Tag trafen sie sich scheinbar zufällig an den Quellen: Michailo schenkte dort Wasser aus und Tanzia brachte Fladenbrote mit. Später machte Michailo ihr Geschenke – so komische Sachen: eine auf einen Grashalm gefädelte Beere, Holzlöffel … Dann begann Tanzia Käsebrote zu backen, die sie aber nicht zum Verkaufen hinbrachte, die Mühe galt einzig und allein Michailo. Sie wünschte sich so sehr, dass Michailo auch einmal zu Gast käme, damit sie ihm ihr schönes Haus zeigen und mit Speisen aufwarten könnte. Aber sie sagte lieber nichts, zumal er bis spät arbeitete und danach meist bei den anderen fremden Männern schlief. Außerdem begann er im Morgengrauen mit der Arbeit – wie hätte er das schaffen sollen? Später jedoch, im Herbst, kam er tatsächlich und brachte wieder ein Geschenk mit, das er in ein Hemd gewickelt hatte – Pilze. Pilze von der Sorte, die sich in der Schlucht niemand zu essen traute – aber Tanzia hatte keine Angst. Sie setzte sich auf ihr Sofa und sah Michailo zu, wie er sie zubereitete. Dann aßen sie zusammen und

Michailo blieb. So kam es, dass im Haus und im Leben von Tanzia ein Mann auftauchte.

In der Schlucht wurde wahrscheinlich getratscht – was sonst! Erst kam der Tratsch, dann der Neid, und zum Schluss war Ruhe. Tanzia machte sich darüber keinen Kopf; sie war glücklich. Als es kälter wurde und die Kurgäste fortgingen, musste sie nicht mal mehr zu den Quellen gehen – sie wartete einfach zuhause auf ihren Mann. Michailo trank zwar, aber er tat das oben bei den Männern, im betrunkenen Zustand tauchte er bei Tanzia für gewöhnlich nicht auf. Einmal hatte er im Suff jemanden ziemlich verprügelt, war seinerseits mächtig zusammengeschlagen worden und danach trotzdem zu Tanzia gegangen. Und Tanzia hatte sich sehr gefreut, dass er gekommen war. In dieser Nacht beschloss Michailo, seinen Schatz – die Ordenskreuze – bei ihr zu lassen und Tanzia breitete sie auf dem Kaminsims aus.

»Meine Schöne«, sagte Michailo bisweilen und strich ihr mit der Hand über den Kopf. Tanzia küsste seine Hand und versuchte den Atem anzuhalten, damit sie seine Worte verstehen konnte.

Sie erfuhr so Einiges: dass er früher, ganz früher, zwei Pferde besessen hatte, schnell wie Gewehrkugeln. Sie hatten »Alte Kugel« und »Neue Kugel« geheißen, die Kolchose nahm sie ihm später weg. Sie erfuhr auch, dass er, als er weit weg wohnte – klar, dass er Tanzia damals noch nicht kannte – eine Frau und sieben Kinder hatte, die auf dem Weg ins Lager umkamen; und dass Michailo allein im sehr fernen und furchtbaren Scheleksa wohnte. Dass er dort weder eine Frau hatte, noch sonst irgendetwas. Da er aber lesen und schreiben konnte, stellte man ihn im Büro als Schreiber an. Michailo erzählte und strich ihr mit der Hand über den Kopf, Tanzia jedoch konnte nichts sagen. Es gelang ihnen einfach kein Dialog. Nur einmal hatten sie so etwas, was man ein Gespräch nennen konnte, nämlich als Michailo die Geschichte von seinen Vornamen erzählte.

»Michael-Gabriel, so nennt man bei uns den Tod«, lachte Tanzia.

»Warum lachst du? So hießen die Erzengel.«

»Nein Michailo, der Tod. Mir hat man bei der Taufe einen Fürstennamen gegeben: Margalita. Weißt du was Margaliti bedeutet? Perle!«

»Heißt du wirklich Margarita?«

»Ja, warum auch nicht?«

»Nur so. Mein Haus hieß nämlich ›Stanzia Margarita‹.«

Eines Abends kam Michailo nicht nach Hause. ›Bestimmt hat er einen über den Durst getrunken‹, dachte Tanzia. Nachts wurde es aber sehr kalt und ihr Mann tat ihr leid. ›Wer weiß, nicht, dass er draußen eingeschlafen ist?‹ Michailo hatte wirklich irgendwann mal erzählt, er habe schon bei solch einem Frost geschlafen, dass die Spucke in der Luft gefror. Tanzia überlegte, was sie morgen zu ihm sagen würde: Egal wie betrunken du auch bist, komm trotzdem heim, das macht nichts, zumal es schon sehr kalt ist, hier gibt es wilde Tiere, dir soll doch nichts zustoßen. Diese Worte hatte sie sich schon lange zurechtgelegt. Über der ganzen Grübelei schlief sie ein.

Michailo tauchte weder am nächsten Tag auf, noch am übernächsten. Als sie zu den Quellen hochging, erfuhr sie, dass Michailo und die anderen Männer fortgebracht worden waren. Wohin? Schulterzucken. Wer weiß.

Nach Scheleksa! Sie würden ihn wirklich dahin bringen! An diesen furchtbaren Ort! Oh weh, Michailo, und die Kreuze? Du hast doch die Kreuze zurückgelassen!

Im Sommer besuchte Frau Margalita wie immer die Schlucht. Diese Besuche hatten mit Heimatverbundenheit nichts zu tun, für die Adlige lebte es sich im Dorf einfach leichter und zudem verehrte man sie. Margalita würde nie zugeben, dass sie, die Fürstenfrau, gezwungen war, in einer Kommunalwohnung zu leben und sich mit Französischunterricht über Wasser zu halten. Und im Sommer, das weiß ja jeder, werden Lehrerinnen nicht gebraucht.

Die Dame kam also in die Schlucht.

Margalita war das Sinnbild ihrer Klasse und ihrer Generation. Hochmütig und oberflächlich gebildet, glaubte sie alles zu wissen und zu verstehen, war ein bisschen religiös und hielt sich natürlich stets für die Hüterin der Moral. Verheiratet war sie nie gewesen, weder war sie mit Hässlichkeit oder mit anderen Makeln behaftet, noch hatten irgendwelche widrigen Umstände das verhindert. Sie betrachtete einfach jede Beziehung zwischen Mann und Frau mit Misstrauen, hasste Kommunisten und Bauern. Sie sagte, die können doch nicht mal Maisbrot von Kohle unterscheiden, und als sie die Nichte mit solchen »ungehobelten Klötzen erwischte« – damit meinte sie die Schulkameraden – war sie nicht faul, ging in ehrenvoller Mission zur Schwägerin und gab ihr streng zu verstehen: »Gib Acht auf das Kind, Nina!« Auf diesen Satz war die alte Dame sehr stolz, wer weiß warum, und hat danach oft und gern von dieser Heldentat berichtet.

Die Fürstin hatte immer derartige Launen, und als ihr in der Schlucht zu Ohren kam, dass die in ihrem Elternhaus aufgewachsene Tanzia von irgendeinem verschleppten Russen schwanger sei, war Margalita empört und ging ins Haus der unverschämten und undankbaren Frau, um ihr die Leviten zu lesen.

Ebenso wie der Satz, den sie der Schwägerin an den Kopf geworfen hatte, gefiel ihr auch das Wort »undankbar«, und so bezichtigte sie Tanzia genau dieser Undankbarkeit. Warum, weiß kein Mensch.

Aber zu ihrem Entsetzen und endgültiger Empörung musste sie feststellen, dass Tanzia sich wunderbar fühlte, überhaupt nicht schämte und sogar erdreistete, große Pläne zu schmieden. Etwa so:

Solange das Kind klein ist, werde ich hier auf Michailo warten, und wenn er nicht kommt, ziehe ich Ende des Winters nach Scheleksa. Wie? Ganz einfach. Ich schließe das Haus ab und gehe. Ich weiß nicht, irgendwie wird das schon gehen. Dort wird er sein, wo denn sonst?

Vielleicht ist er tot?

Tanzia lächelte. Was für ein Quatsch (aber das hat sie nicht gesagt).

Wenn er aber nun nicht zurückkommt ...

Tanzia lächelte wieder. Wo sollte er denn sonst hingehen, wenn nicht zur Stanzia Margarita.

Aber auch das sagte sie nur in Gedanken. Sie holte die Kreuze vom Kaminsims und zeigte sie der Dame. Er kommt zurück, was denn sonst.

Ist das echtes Gold?

Natürlich!

Das war zumindest ein ernstzunehmendes Argument.

In der Nacht holte man die Fürstin aus dem Bett, Tanzia habe schon entbunden und möchte Frau Margalita sehen.

Die Fürstin beeilte sich wirklich sehr, aber bevor sie sich angezogen, den Bach überquert und Tanzias Haus erreicht hatte, war alles vorbei.

Tanzia war ja nicht mehr jung, bald würde sie fünfzig, war vielleicht nur drei Jahre jünger als die Fürstin. Und wie man der Dame schon an der Tür berichtete, sei sie bei der Geburt gestorben, habe jemandem ihre lächelnde Seele übergeben. Vielleicht hatte sie sogar Michailo getroffen, wer weiß ...

Pünktlich nach drei Monaten begleiteten die Einwohner der Schlucht Frau Margalita zum Bahnhof. Die Bauern schleppten ihre Mitbringsel und die Dame hielt ein kleines Mädchen ungeschickt an ihre Brust gepresst, das wie die bereits vergessene Tanzia denselben Namen trug wie schon die Fürstin. Dieses Mädchen war Tanzias Tochter Rita Margarita.

–2–

In der Altstadt, in der Straße, deren Name sich in den letzten vierzig Jahren dreimal geändert hatte, in einem zur Kommunalka umgebauten Kaufmannshaus hing in einem der Zimmer ein Teppich. War eigentlich ein schöner Teppich mit Stickerei auf einer Ecke: »Anno 1910«. Auf der riesengroßen Wand erschien er ganz klein, obwohl er bei der ehemaligen Besitzerin von der Decke bis zum Boden gereicht und sogar ein Sofa bedeckt hatte. Dieses Zimmer war sehr groß; um den Kronleuchter zu putzen, reichte selbst ein Stuhl auf dem Tisch nicht, und so schleppte man für diesen Zweck einmal pro Jahr vor dem Neujahrsfest mit Hilfe eines Nachbarn und allergrößter Mühe dessen schwere Stehleiter herüber. Margo stellte sich auf den Tisch, nahm der auf der Leiter sitzenden Margarita die Teile des Leuchters ab, drückte sie an die Brust, kletterte dann auf einen Stuhl herunter und von dort auf den Dielenboden, wo sie ins schaumige Wasser eines riesengroßen Waschzubers ganz vorsichtig allerlei zauberhafte Sachen hineinlegte – Messingblumen, gläserne Kugeln.

Das Zimmer hatte zwei hohe, schmale Fenster, und Margo konnte sich ruhig aufs Fensterbrett kuscheln. Sie setzte sich hin und schaute hinüber auf die andere Straßenseite zu einem Haus mit Torbogen. Margo war sicher, wenn sie durch den Torbogen laufen würde, werde sie auf einen Tunnel stoßen und durch diesen könne sie bis David Garedschi gelangen, wohin Margarita sie einmal mitgenommen hatte, so einen Tunnel hatte sie nämlich dort gesehen.

Überhaupt hatte Margarita sie damals immer überall hin mitgenommen. Margo freute sich sehr auf solche Ausflüge und gab sich Mühe, sich nicht anmerken zu lassen, wenn sie hundemüde war, damit Margarita sie nicht zuhause ließ. Zuhause war es auch schön; wenn es nichts anderes gab, konnte man sich Märchenschallplatten anhören, aber solche, wo keine furchtbaren Geschichten passieren, wo ein Geist aus einer Flasche herauskommt oder ähnliches. Aber Spazierengehen war eben doch besser. Dann würde sie Pawlik erzählen, sie habe eine so, nein, sooo große Eidechse gesehen und in Mzcheta Kartoffelfladen gegessen und wer weiß, was noch alles. Das einzige Manko war, Pawlik wurde allmählich erwachsen und hatte mit Margo keine solch innige Freundschaft mehr – er schämte sich, dass Margo ein Mädchen war, aber nur in Gegenwart fremder Leute. Wenn Margo zu ihm hinging und dort sonst niemand war, waren sie die besten Freunde und erzählten einander tausenderlei Geheimnisse.

Margo hatte Pawlik sogar erzählt, die Kreuze, die an dem Teppich hingen, habe ihr Großvater im Krieg mit den Deutschen gefunden. Diese Kreuze seien aus Gold. Sie und Pawlik krochen des öfteren auf den Tisch, betrachteten sie aus der Nähe und berührten sie sogar. Aber das machten sie ganz heimlich, denn hätte Margarita davon erfahren, würde sie sich schrecklich aufregen und Margo ihre Liebe aufkündigen.

Margo sagte, dass diese Kreuze, die der Großvater gefunden hatte, in Wahrheit die Kreuze des Heiligen Georg seien. Aber wahrscheinlich habe der Heilige Georg sie verloren und der Großvater sie gefunden. Margo hatte den Heiligen Georg einst sogar gesehen. Pawlik glaubte ihr das zwar nicht, aber das ist auch nicht schlimm. Margo wusste sicher, dass sie ihn in Schiomghvime tatsächlich gesehen hatte und sie irrte sich nicht – er war es wirklich.

Margo war viele Male in Schiomghvime gewesen, Margalita ging ja öfters mit ihr hin. Bergauf lief es sehr einfach, unterwegs trafen sie immer jemanden mit Auto. Herunterzukommen war schon schwerer, weil die Männer sich oben betranken und spät zurückkehrten. Margarita setzte sich niemals zu Betrunkenen ins Auto.

An dem Tag lief es auch so. Es war sehr heiß und ebenso wie Margalita war auch Margo müde, versuchte das jedoch zu verbergen. Über kurz oder lang fiel Margo aber doch zurück, ihr gerieten kleine Steinchen in die Schuhe und sie bekam sie mit den Fingern nicht wieder heraus. Darum hockte sie sich hin und begann die Schuhe auszuziehen.

Was ist, bist du müde? Margalita stand vorne und wartete jetzt auf sie.

Nein, antwortete Margo, mir sind bloß Steinchen in die Schuhe geraten und ... Margarita kam zu ihr.

Steh auf, steh auf, sagte sie zu Margo, es ist nicht mehr weit, hinter der Kurve wartet der Heilige Georg auf uns, er nimmt uns auf seinem Pferd mit.

Hinter der Kurve trafen die den Heiligen Georg nicht. Wahrscheinlich hatte Margalita die Kurve verwechselt. Aber weder stand er hinter der nächsten, noch hinter der übernächsten. Margalita hatte sie überlistet.

Da kann man nichts machen. Im Zug konnte Margo dann nicht mehr an sich halten und sagte zu Margalita:

Du bist eine große Frau, Margalita, Lügen passen nicht zu dir.

Du bist dumm, antwortete Margalita. Diesen Zug zieht das Ross vom Heiligen Georg. Glaubst du etwa, der fährt von selbst? Na denk doch nach, wer könnte so viele Waggons ziehen?

Die Lokomotive pfiff und hörte sich plötzlich an wie ein wieherndes Pferd! Tatsächlich! In der Kurve sah Margo mit eigenen Augen, vor dem Zug ritt der Heilige Georg! Ich schwöre dir, Pawlik, er saß auf einem großen weißen Ross, sein langes Haar wehte im Wind! Er war so schön!

Pawlik glaubte ihr nicht. Hätte sie es nicht selbst gesehen, würde auch Margo es nicht glauben, aber sie hatte es gesehen und was soll man da machen.

Eigentlich tat Pawlik meist gut daran, dass er manche Sachen nicht glaubte. Margo hatte man damit überredet, ihren Kopf zu rasieren, indem man ihr weismachte, danach wüchse ihr kein rotes Haar mehr, sondern goldenes, und Pawlik sagte ihr sofort, sie betrügen dich, so was gibt es nicht. Und damit behielt er recht. Ihr wuchs weiterhin rotes Haar, aber kein lockiges mehr, sondern glattes. Margo tat das sehr leid, aber was sollte man da machen. Ja, und die Rita hatte schwarzes Haar und blaue Augen und Margarita sagte immer, unsere Rita ist die Schönste, eine wahre Schönheit. Rita war wirklich schön, einmal hatte Margo sie bei ihrer Schule gesehen und gerufen, damit jeder sehen konnte, was für eine tolle Mutter sie hatte, und alle sagten zu ihr: Was hast du nur für eine tolle Mutter.

Manchmal, verborgen vor Margalita und selbst vor Pawlik, zog Margo schwarze Strumpfhosen über den Kopf, warf die Hosenbeine als Zöpfe auf den Rücken und drehte sich vor dem Spiegel, ganz vorsichtig, weil sie auf einen wackligen Hocker klettern musste, um sich im Spiegel der Frisierkommode zu bewundern. Eigentlich ähnelte sie mit dem »schwarzen Haar« ein bisschen Rita. Und nachts, wenn Margarita unter dem großen Teppich im alten Bett einschlief, errichtete Margo auf ihrem Sofa ein Nest aus Decken, umklammerte mit den Händen ihre großen Zehen und träumte. Margo dachte: Meine Mutter Rita, du bist das allerallerschönste Mädchen. Du gefällst mir so sehr, Mutter Rita! Und dann kamen ihr die Tränen, sie wusste nicht, warum.

An all das konnte sich Margo nur vage erinnern. Eigentlich gab es auch nicht viel zu erinnern. Margalita machte mit ihr keine Ausflüge mehr, denn sie war alt geworden, außerdem sollte Margo lernen – Deutsch, Musik, Ballett. Dabei stellte sich heraus, dass sie Deutsch schon ausreichend beherrschte, als nächstes verließ sie die Musikschule, weil sie schlecht spielte, später sagte die Ballettlehrerin zu Margalita: Lassen Sie das Kind in Ruhe, ihm fehlt die Grazie. Das reicht allenfalls fürs Revuetanzen, und selbst das schlecht.

Alsbald fand Margo eine Beschäftigung: Sie begann wahrzusagen. Wie sie darauf kam, weiß keiner. Voodoo und dergleichen kriegte sie zwar nicht hin, dafür war sie noch zu jung, selbst die allerdümmste Frau ließe sich nicht von ihr überzeugen, dass dieser Unfug etwas bringt. Sie las aber für fünf Rubel aus dem Kaffeesatz, und wenn die Kundin andere Frauen mitbrachte, gab es sogar Rabatt und so ...

Alle waren zufrieden, sowohl die hoffnungslosen Frauen als auch Margo. Nicht einmal Margalita sagte etwas dazu. Bargeld gab ihr normalerweise keiner, aber Probleme mit der Nahrungsversorgung hatte sie seitdem nicht mehr, und wenn Margalita ausdrücklich um Geld bat, sagte Margo nie nein. Margo gab ihr genau die Summe, um die sie bat. Margalita fiel es nur sehr schwer, um etwas zu bitten. Sie liebte Margo nicht, im Grunde ihres Herzens hatte sie große Angst vor diesem Rotschopf.

Und plötzlich beschloss Rita, die, solange Margo denken konnte, nur zweimal in ihrem Haus übernachtet hatte, heimzukehren. Margalita war glücklich, und im Leben von Margo begann eine Ära des großen Streits.

»Warum zum Teufel musste sie sich hier einnisten?«, fragte Margo Margalita. Rita schlief gerade und schnarchte dabei wie ein Sägewerk, obwohl sie so hübsch und schlank war.

Margalita erklärte ihr, sie habe Rita erzogen, Rita sei ihr Mädchen, und darum sei dieses Haus auch Ritas Haus. Margo wird überhaupt nicht gefragt. Verstanden? Die Fürstin war nicht besonders gut im Streiten, aber im Verletzen war sie eine große Meisterin.

»Eh, Margalita, Margalita ...«

»Was?«

»Ach nichts.«

Anfangs hatte Rita nichts gegen Margo, strafte sie einfach mit Nichtbeachtung. Auch Margo gab sich keine besondere Mühe, eine Beziehung zu ihr aufzubauen.

In Rita erwachte der Mutterinstinkt völlig unerwartet. Plötzlich beschloss sie, Margo solle nach der Schule an der Uni studieren. Margo war sehr verwundert – so eine Schnapsidee! Und wessen Kopf war sie entsprungen? Klar, der Idiotin, Analphabetin und Schlampe Rita! Fast einen Monat lang hörte sich Margo ihre Leviten an, später stimmte auch Margalita ein, was für wunderbare Eigenschaften sie habe, beispielsweise mentale Beschränktheit und emotionale Unterentwickeltheit, blabla ...

Dazu muss man sagen, dass sich Margo keineswegs für mental unterentwickelt hielt. Im Gegenteil, sie war sicher, ein kluges Mädchen zu sein. Das Ganze ging ihr sowieso ein bisschen auf die Nerven.

Margo tröstete sich damit, dass die Leute es nicht ewig durchhalten, in einem Thema rumzubohren, besonders dann, wenn das Bohren aussichtslos ist. Margalita sagte seit vielen Jahren, wie siehst du denn aus, wie sprichst du, wie läufst du, wie atmest du ... na und? Wenn Margalita wegschaute, stützte sie trotzdem die Ellbogen auf den Tisch und alles war für die Katz.

Dann wurde Pawlik zum Wehrdienst eingezogen und seine Mutter Seda hatte zuviel Zeit. Eigentlich war diese Seda gar nicht so verkehrt, im Prinzip hatte sie nichts gegen Margo, aber auch sie beschloss jetzt, mit der Erziehung der volljährigen Margo beginnen zu müssen und stellte sie einem stinkenden Pfarrer vor. Dieser Pfarrer kam fast jeden Tag zu Seda ins Haus und erklärte Margo, Wahrsagen sei böse und auf diesem Wege verdientes Geld bringe Unglück.

Margo wusste ganz genau, dass der Pfarrer Sedas Liebhaber war und all die Sorge um die Rettung von Margos Seele dumme Augenwischerei. Immerhin bekam Seda von den »sündigen« fünf Rubeln einen ab – Margalita konnte sie ja kaum als Sekretärin einspannen, und Seda saß sowieso immer zuhause herum. Deshalb schwieg Margo lieber. Der Pfarrer kam und kam und kam, am Ende war er satt, sowohl von Sedas Konfitüre als auch von den Gesprächen mit Margo und verschwand. Seda seufzte und war zu bedauern, Margo hingegen atmete auf. Dieser Pfarrer war einfach zu blöd.

Jenen Abend verbrachte Margo, niemand weiß warum, im Pantheon auf dem Mtazminda. Das Wetter war eben schön, Patriotismus und nationale Sentimentalitäten waren Margo ansonsten völlig fremd. Sie war ja, wie Margalita sagte, überhaupt unbegreiflich, eben eine Bauernseele ...

Als Margo nach Hause kam, konnte sie schon im Korridor Ritas Lachen hören. Sie ist bekifft, dachte Margo.

Am Gemeinschaftsklo standen die Drei – Rita, Margalita und Seda. Rita platzte schier vor Lachen, Seda wetterte herum, Margalita stand mitleiderregend da und schwieg.

Später erzählte Margo, ihr habe ein Schutzengel damals zugeflüstert lass das, lass das, Margo. Aber zu der Zeit hatte sich Margo gerade mit dem Engel überworfen und folgte seinem Ratschlag sowieso nicht.

Es stellte sich heraus, dass Margalita aufs Klo musste und dort einer großen Ratte begegnet war. Die Fürstin war selbstverständlich erschrocken und hatte Rita herbeigerufen, sie solle ihr helfen. Natürlich lachte sich Rita tot und Seda hatte wie Margalita Angst vor der Ratte. Und so standen sie da wie die Idiotinnen.

»Ah, da kommt die Margo«, sagte Seda. Rita schüttelte sich vor Lachen.

Margo stellte die Schüssel vom dreibeinigen Schemel runter auf den Dielenboden und schaute zu Rita auf. Ritas Lachen erstarb. Später, in Zeiten des großen Streits, schrie Rita: Na, gib es zu, damals wolltest du mich schlagen! Aber dort im Korridor vor der Toilette, im schummrigen Licht der ewig verstaubten Lampe, flößte ihr die unbeschreibliche Farbe von Margos Augen zuviel Angst ein und ließ sie abrupt verstummen.

Margo öffnete die Tür zur Toilette. Im Klo saß wirklich eine Ratte, nass und riesig. Rita schrie auf, doch Margo warf den Stuhl nach der Ratte und traf. Während Rita schrie und die Ratte zappelte, betrat Margo die Toilette, hob den Stuhl auf und versetzte der Ratte den tödlichen Schlag. Rita verstummte. Alle standen still.

Margo richtete sich auf. In der Hand hielt sie den blutverschmierten Stuhl.

»Schmeiß ihn weg«, sagte Rita.

»Wieso, werde ich den etwa nicht mehr brauchen?«, fragte Margo.

»Du warst der Horror«, erzählte ihr Seda danach. »Nicht nur Rita, auch ich war erschrocken. Von Margalita ganz zu schweigen. Dann sagte mir Rita, was für ein Horror ist unsere Margo.«

»Die Ratte war wohl kein Horror?«

»Doch, aber du warst der größere Horror.«

›Du arme Seda, was weißt du schon von Horror‹, dachte Margo.

»Na gut, ich geh schon.«

Seda hätte gern etwas Versöhnliches gesagt. Margo tat ihr sogar leid, wo sollte sie hin? Aber ihr fiel nichts ein und sie sagte:

»Das kannst du Margalita nicht antun. Gut, sie hat dich angebrüllt, na und? Hast du etwa nie gebrüllt?«

»Niemals. Sonst hätte ich Rita schon hundertmal zum Teufel geschickt. Nur, dass du's weißt. Na, leb wohl, Seda. Grüß Pawlik von mir, wenn er zurückkommt.«

»Du bist doch vor ihm wieder da.«

»Denk ich nicht. Behalt mich in guter Erinnerung. Mach's gut.«

Seda begleitete sie nicht zur Tür, sie blieb auf dem Kunstledersofa sitzen. Dann schlurfte sie in Pantoffeln zum Fenster und schaute auf die Straße.

Es wurde dunkel. Margo war nicht mehr zu sehen. Am Torbogen vom Haus gegenüber standen drei Jungs und spuckten auf die Straße.

»Habt ihr Marguscha gesehen?«, rief Seda ihnen auf Russisch zu.

Einer der Jungs wies mit der Hand in eine unbestimmte Richtung, ja, sie sei vorbeigelaufen. »Soll ich ihr nachlaufen?«

»Nee«, antwortete Seda.

Aus Margalitas Zimmer drang wieder Geschrei. Was hat diese Rita nur für eine Stimme! Seda zupfte den Vorhang zurecht und schleppte sich zurück zum Sofa.

–3–

»Was ist denn los, Königin?«

Was für ein Schnuckelchen, dachte Margo. Umso besser, dass ich weggehe, ich wüsste nicht, ob ich das überleben würde, wenn er mich verließe …

»Du bist ein sehr schöner Mann. Bestimmt sind alle Frauen verrückt nach dir, oder?«

»Irgendwie sind Sie ein sehr seltsames Wesen, Fräulein Margo. Sie sind doch nicht etwa dumm?«

»Reg dich nicht auf, mein Sonnenschein, das habe ich einfach so dahingesagt, um überhaupt was zu sagen. Eigentlich müsstest du doch wissen, dass ich nie falsch liege, ich bin nämlich eine Hexe.«

Wer braucht denn so viele Schnürsenkel, dachte Margo. Was hat mich da geritten, diese verdammten Schuhe zu kaufen?

»Schöne Schuhe sind das.«

›Ja, aber wer braucht die‹, dachte Margo. ›Man kann sie weder an-, noch ausziehen.‹ Endlich war sie mit dem Schnüren fertig und richtete sich auf.

»Gehst du wirklich weg von hier?«

»Ja.«

»Wieso sagst du zu allem ja, was ist mit dir los?«

»Das ist so eine Meditation von Oscho. ›Sag ja zur Welt und die Welt sagt ja zu dir.‹« Mache ich doch glatt, dachte Margo.

»Der Mann, aus dessen Rippen man mich, Margarita, gemacht hat, war wahrscheinlich extrem schwach, konnte den Verlustschmerz seiner wunderbaren, hirnlosen Rippe nicht verwinden und starb an der Trauer darüber. Oder ist ihm noch etwas anderes zugestoßen?«, begann der Mann für Margo zu sprechen. Na klar, spinn weiter, dachte Margo. »Fakt ist jedenfalls, er existiert nicht mehr und mich gibt es noch, und ich muss stark sein. Deshalb, ich gehe weg!«

»Mach mal halblang!« sagte Margo.

»Ich gehe weg, obwohl ich eigentlich nicht gehen will.«

»Was du nicht sagst ...« Recht hast du, dachte Margo.

»Ich verlasse meine geliebte Stadt. Ich gehe, weil ihr mich kleingekriegt habt, aber unterwegs klärt sich alles – benutzt man mich, schüttle ich den Staub von mir ab, stehe auf und gehe weiter, und wenn man mich ausrauben will, gibt es sowieso nichts zu holen.«

Na und? Blabla, dachte Margo.

»Dort gibt es eure Frauen nicht, keine Ehefrauen, die euch verlassen haben, oder die ihr Angst habt zu verlassen, Frauen, die ihr begehrt, aber nie kriegen werdet. Ich laufe den Weg entlang und dort gibt es keine Frauen und ich bin keine Frau und die Frauen – eure Ex- oder zukünftigen Frauen können mir nichts anhaben ... Ach, Maruscha!«

»Ich gehe jetzt, leb wohl«, stimmte Margo ein. »Aber ich komme wieder zurück, um wieder einen Grund zum Weggehen zu haben. Nun Schluss mit dem Gelaber, ich bin weg. Behalt mich in guter Erinnerung.«

Als sie aus dem Haus kam, suchte Margo einem alten Aberglauben folgend nach einem Steinchen, drehte es um und lief weiter. Sie würde nie mehr zurückkommen.

Bald bin ich in Tbilissi. Noch einmal umsteigen, noch eine Nacht und Schluss.

Margo mochte Wohnungen mit hohen Decken. In den alten Stadthäusern fühlte sie sich immer sehr wohl. Ertragen konnte sie alles, schlief sogar dort wie ein Baby, wo die Zugreisenden gewöhnlich ihre Koffer abstellten. Bloß war eine Wohnung mit hoher Decke etwas ganz anderes.

Obwohl die Beziehung zwischen Doktor Freud und Margo zugegebenermaßen gestört war, musste sie sich in diesem Falle doch eingestehen, dass die Wurzeln dieser ihrer scheinbar grundlosen Liebe in ihrer Kindheit zu suchen waren. Eigentlich brauchte sie gar nicht zu suchen, sie hatte schon gefunden – im alten Haus in einem Zimmer der Kommunalwohnung, wo der Teppich, der in einem anderen Zimmer vielleicht bis zu den Dielen reichen würde, ganz klein zu sein schien und die Stickerei »Anno 1910« irgendwo knapp unter der Decke hing.

Darum war es naheliegend, dass Margo unterwegs nach Hause mit Vergnügen die letzte Nacht in dieser Wohnung verbrachte, obwohl jeder andere entsetzt sein würde. Nachdem sie den dunklen, nach Katzen und Urin stinkenden Eingang ertastet hatte, donnerte sie ziemlich lange gegen eine Tür, die schließlich eine eigenartige Frau öffnete. Offenbar schlief sie noch, sagte weder Hallo noch Auf Wiedersehen und drehte sich schweigend um.

In der Wohnung gab es keine Luft. Keine, weder schlechte noch gute. Die Fenster hatte man wegen der Moskitos geschlossen und die paar verbliebenen Fensterläden waren auch verrammelt. Es war sehr heiß. Als sich ihre Augen an die Dunkelheit gewöhnt hatten, entdeckte sie, dass in diesem Zimmer Frauen schliefen, sehr viele Frauen. Überall, wo es noch Platz gab, lagen sie herum. Auf dem Kunstledersofa, über dem ein Spiegel blinkte, auf dem Tisch und hauptsächlich auf den Dielen. Ihre Köpfe lagen übereinander, sie murmelten vor sich hin und seufzten. Vom Eintreten einer Neuen hatte niemand etwas bemerkt.

Was für ein Zimmer! Sechseckig, die Decke fast fünf Meter hoch! Margo sah, dass sie es gut getroffen hatte. So ein Zimmer hatte sie von irgendwelchen Hare-Krischnas wirklich nicht erwartet.

Eine hob kurz den Kopf und sank wieder hin. Scht!
»Ich werd verrückt«, drang es von irgendwoher.
Manche sind aber hilflos, dachte Margo.

Selbst die feuerrote und jenseits des Balzac-Alters befindliche Margarita konnte man nun wirklich nicht hilflos nennen. Statt sich dem Suff zu ergeben oder durchzudrehen hatte sie als Tarotkartenlegerin gemeinsam mit zwei Gaunerinnen – einer Astrologin und einer Hellseherin – ein fluktuierendes Geschäft begonnen.

Natürlich wussten alle drei von den Betrügereien der jeweils anderen, sprachen das jedoch nie laut aus und versuchten nach allen Regeln der Kunst nicht nur die Kunden, sondern auch sich gegenseitig zu verarschen, seltsamerweise gelang ihnen das hervorragend. Eines schönen Mittwochs – an dem Tag darf man normalerweise nicht wahrsagen – beschlossen die Wahrsagerin und die Hellseherin, Margo ihre Kunst vorzuführen.

Diese zwei geehrten Meisterinnen begannen ohne besondere Anstrengungen Margo in allen Details zu erforschen, Margo gab sich keine Mühe, sich das Gelaber der beiden wortwörtlich zu merken, aber eines hatte sie behalten – seit Jahrhunderten sei etwas mit ihrer Existenz im

Argen; die Tatsache, dass sie so war wie sie war, sei die Schuld der Kulakisierung und der vielen Margaritas.

»Und?«, fragte Margo sie.

»Was, und?«, empörte sich die Astrologin. Sie stand vor dem Spiegel und zupfte ihre Augenbrauen zurecht. »Wie hässlich ich geworden bin, ich will kaum mehr in den Spiegel schauen.«

»Brauchst du auch nicht. Mach ich auch nicht. Und?«

»Kennst du Io? Sie war eine Kuh und hat Herkules zur Welt gebracht.«

»Bin ich Herkules«, lachte Margo, »oder eine Kuh? Was hat das damit zu tun?!«

»Du bist eine Idiotin«, erklärte die Astrologin. »Herkules wird von dir auf die Welt gebracht. Nicht umsonst geschieht so viel.«

»Wie wird er geboren werden?«, fragte Margo interessiert.

»Mit einem Finger, sei nicht blöd.«

Margo würde sich sowieso den Kopf wegen dieser Geschichte und der Heimkehr zerbrechen. Doch unmittelbar nach diesem Gespräch berichtete ihr das einzige Wesen, welches sie mit diesem Hause verband, Seda, man habe ihre Mutter Rita im Bahnhof von Didube auf den Schienen gefunden, tot. Und sie wurde von Margalita, deren Stimme Margo seit elf Jahren nicht mehr gehört hatte, ans Telefon gerufen.

Es ist ein Wunder, aber sie täte ihr leid und sie fühle etwas wie Zärtlichkeit, erklärte Margo ihren Kollegen. Sonst will sie ja nicht hingehen.

Es war wirklich so. Margo fühlte sich unter Fremden viel wohler, sie hatte mit allerlei Menschen unterschiedlichster Herkunft zu tun gehabt und es war insgesamt schwierig zu sagen, was für sie fremde Herkunft hieß.

»Ich würde gern wissen, welcher Herkunft ich dann bin«, berichtete Margo. »Die liebste Rita – na gut, Gott sei ihrer Seele gnädig, was kann ich jetzt von ihr sagen – hat mir das nie erklärt. Entweder wusste sie es selbst nicht oder sie war deswegen schadenfroh. Das Margalitalein weiß wirklich nicht, wo man mich aufgetrieben hat. Die Arme. Und was soll das überhaupt ... Ich weiß ja genau, wann ich geboren bin – im Jahr, wie meine Mutter sagte, als im Westen etwas Großes passierte und sie wegen mir in Tbilissi festsaß. Eigentlich war sie eine Schlange, die Rita. Ich bin sicher, dass sie mich genau deswegen Margo genannt hat, weil sie eine Schlange war, damit Margalita das Herz platzen würde, dass noch eine Bekloppte ihren Vor- und Nachnamen tragen wird. Hoffentlich schmort sie in der Hölle. Rita natürlich. Was sollte ich gegen die alte Oma haben, sie hat genug eigene Sorgen.«

—4—

»Als ich aus dem Zug stieg, aus dem letzten Waggon, sollte ich nur die Treppe herunterlaufen, die Straße überqueren, und da stand mein Haus. Ich hielt es für meins, sonst, verstehst du, in der Wohnung gab es nichts von mir, mein ganzes Hab und Gut passt in meine Handtasche. In Wirklichkeit gehörte es einem wunderbaren Mann, der zweimal pro Woche im Wohnzimmer übernachtete und die Miete, Strom und Telefon bezahlte. Ich starb vor Scham.«

»Ach du meine Güte, was du nicht sagst! Hattest du auf seine Kosten angerufen?«

»Ja, was sonst?«

»Wie gut, dass du angerufen hast.«

»Hab ich doch gerne gemacht.«

Ich musste doch jemanden anrufen, dachte Margo.

»Und wie ging es mit dem Mann weiter?«

Ach du arme Margalita, so weit ist es schon, dass du dich sogar auf mich freust.

»An dem Tag, an dem er ankam, riss ich mir ein Bein aus, um ihn zu bekochen, aber es war vergeblich. Er lud mich in ein Restaurant ein und verdeckte die Preise auf der Speisekarte mit der Hand, ich konnte mich nicht mal bei ihm bedanken.«

»Also war es ein guter Mann, ja?«

»Ein sauguter. Und die Wohnung war auch sehr schön, mit hoher Decke, die Ecken waren mit idiotischen Reliefs verziert. Aus dem Fenster konnte man den Bahnhof sehen und ab fünf Uhr in der Frühe hörte man die eindringliche Stimme eines Weibes: Zugansage.«

»Bist du davon oft aufgewacht?«

Was für ein Wunder, dachte die auf Margalitas Bettkante sitzende Margo. Mir scheint, sie macht sich wirklich Sorgen um mich.

»Nein, das störte mich überhaupt nicht. Ich träumte nur am ersten Morgen, ich wäre auf dem Bahnhof von Sochumi und man hätte den Zug nach Tbilissi ansagt. Eigentlich finde ich es besser, wenn draußen jemand brüllt, ich spüre zumindest, dass ich noch am Leben bin.«

›Ich lebe‹ – ein tolles Gefühl. Das erfüllte Margo besonders, wenn der Zug zwischen zwei Museen entlang fuhr. Blinde Mauern und das Rattern des Zuges. Damals schaute sie jeden Morgen zur Decke und schrie: Mein Gott, wie schön ist das Leben! Jetzt fand sie die Erinnerungen an diese Tage nicht besonders erbaulich. Schon lange hatte sie diese Worte beim Erwachen nicht mehr auf den Lippen und das würde wohl auch weiterhin so bleiben. Zumindest, so lange Margalita leben würde.

Du arme Margalita, dachte Margo. Bist du so gottverlassen, dass du nur noch mich siehst?

»Und was war dann?«

»Dann? Dann fing ich mit Frühsport an. Ich legte mich auf den Rücken, versuchte mit den Beinen meinen ellenlangen Namen in der Luft zu schreiben und studierte dabei diese dummen Reliefs in den Ecken. Dann trank ich ganz kultiviert meinen Kaffee und so ... Überhaupt lebte ich sehr kultiviert. Ich war extra dafür ausgestattet. Ich hatte einen Presseausweis, eine Studentenkarte, auf der ein fremder Name stand.«

»Und wenn sie dich nun deswegen verhaftet hätten?«

»Ach Quatsch, warum sollten die mich denn verhaften? Naja, ich lief durch die ganze Stadt und erkundete die Umgebung, besuchte jede Ausstellung und jedes Museum, wegen irgendwelcher blöden Flötenspieler aus Damaskus schleppte ich mich sogar bis ans Ende der Welt. Das kostete mich nichts, ich hatte Zeit ohne Ende, gab ja sonst nichts zu tun.«

Margalita hörte ihr zu. Wie winzig sie doch ist, dachte Margo. Was trug sie eigentlich für ein schreckliches Schicksal, weder einen Mann, noch eine andere Freude hatte sie im Leben gehabt, dann saugte Rita ihr erst das Blut aus, bevor sie ihr endlich den Gefallen tat und starb, die Arme hat hier sogar ein Bild von ihr aufgestellt ... Margalita bemerkte, dass Margo zum Regal blickte und machte einen entscheidenden Fehler:

»Deine Mutter war eine schöne Frau...«

Schön! Aber eine Schlange. Schön!

»Ja. Ich erinnere mich, in der Schule haben immer alle gesagt, deine Mutter sieht aus wie Ornella Muti. Einmal haben sie sie sogar gesehen. Sie trug eine tolle Jeans, Levi's.«

Margalita wurde noch winziger.

»War eine tolle Frau, und ich sehe ihr nicht ähnlich, oder? Schade. Wär mal interessant, wem ich eigentlich ähnle. Sei ehrlich, Margalita, wenn man mich schlachten würde, würdest du mich sicher nicht ausstellen. Natürlich nicht! Und wenn ich mich nicht melden würde, würdet ihr mich auch nicht suchen. Schmeißt man das Weib von der Kutsche, haben es die Gäule leichter, sagt ein russisches Sprichwort.«

»Die Arme ...«

»Mir kommen die Tränen. Die Allerärmste, na klar. Es wär schon interessant zu erfahren, warum man sie getötet hat, meinst du nicht?«

»Sei mir nicht böse.«

Margalita begann zu weinen. Was hat sie mir denn getan, dachte Margo. Und hat mir überhaupt irgendjemand irgendetwas getan?

»Hey, Margalita, soll ich dir etwas erzählen oder willst du nichts mehr hören?«

»Doch, schon.«

»Na, und?«, fuhr Margo fort und versuchte ein Lächeln. Genau deswegen hat Margalita Angst vor mir und Rita hasste mich – sie dachte, ich würde die Beleidigungen in mich hineinfressen, um mich später an ihr zu rächen. Was konnte ich ihr schon zuleide tun ...

»Es gab einen Ort, mindestens dreimal pro Woche ging ich dort ins Restaurant. Ich liebte es ungemein. Sobald ich hereinkam, brüllte der Barbesitzer überlaut: ›Unsere Schönheit ist da! Du bist keine Frau, du bist eine Sonne.‹ Ich weiß, dass er log, aber tief im Inneren freute ich mich.«

»Aber warum ...«

»Sei doch mal still. Ja, und dort flirtete ich auch mit einem Barkeeper und der war wirklich ein Sonnenschein. Du würdest sagen, er sei ohne Intellekt, aber mir ist das egal. Die Intellektuellen haben mir schließlich auch nichts gebracht. Dieser Sonnenschein war mit allerlei sinnlosen Tattoos verziert, hatte schwarzes Haar, schwarze Augen und ein bisschen marokkanisches Blut, und wenn er mich anlächelte, blieb mein Herz stehen. Wenn ich Gottverdammte ihn nicht sofort beim Hereinkommen angrinste und erst jemanden anderes gegrüßte, begann er mit den Fingern zu schnippsen, sagte zu einem Kunden ›Pardon‹, kam zu mir und fragte aufgeregt ›Was ist los?‹ Die Aufregung war gespielt, seine Augen schimmerten so, dass er genau wusste, was los war. Warum er mich mochte, begreife ich bis heute nicht. Mir fehlte nur die Sense, dann wär ich als echter Tod durchgegangen. Einmal sagte er beim Abschied, wenn du willst gebe ich dir einen Schlüsselbund, steck ihn in die Tasche, damit der Wind dich nicht wegweht. Er hatte einen blöden Humor, mein Liebster.

Als ich das erste Mal bei ihm blieb, nicht wegen großer Leidenschaften, sondern weil ich zu faul war, mich zum Nachtbus zu schleppen, hatte er eine CD eingelegt – sowas wie damals eine Schallplatte. Weißt du, was da drauf war? Regengeräusche. Man konnte echt einen Regen hören mit Donner und Wind. Ich wunderte mich ehrlich gesagt, wie er darauf gekommen war, aber gut war es.

Ja, und als ich einschief, habe ich geträumt, ich wäre in Birtvisi, säße in einer Höhle mit meinem gelben Schlafsack und es ginge mir sehr gut. Dann hörte ich eine Stimme: Zieh die Beine noch mehr an dich ran, sonst wirst du nass. Weißt du, wessen Stimme das war? Deine.«

Was habe ich da gesagt, dachte Margo.

»Meinst du das ernst? Meine Stimme?«

»Ja, ich habe sie ja seit so vielen Jahren nicht mehr gehört, aber ich konnte sie nicht verwechseln. Hey, Margalita, sagte ich zu dir und wachte auf.

Margalita schaute sie strahlend an. Freu dich doch, dachte Margo.

»Und dann?«

»Dann, sag ich doch, wachte ich auf. Schade, dass es ein Traum war, aber war trotzdem gut.«

»Hast dem Mann davon erzählt?«

»Ja, er wusste schon, dass ich in Tbilissi eine Oma habe, Margalita.«

Na, freu dich, Fürstin.

»Warum hast du ihn nicht mitgebracht?«

»Weiß nicht. Ich bin einfach gegangen und hab ihn zurückgelassen. Ein paar Monate waren wirklich süß und irgendwie habe ich erst spät gemerkt, dass es kalt geworden war. Als ihr mir die Neuigkeit von Rita gesagt habt, gerade an dem Abend ging ich durchgefroren in eine Bar. Ich saß also in der Bar und das Bier ließ mich endgültig auskühlen. Dann schleppte ich mich nach Hause und dachte, vielleicht ist es Zeit heimzukehren. Was will ich noch hier? Ich hab dich angerufen und nun, hier bin ich.«

»Das ist gut.«

»Ja, das ist gut.«

Es wurde Nacht. Unter dem Teppich an der Wand, im alten Bett schlief Margalita. Sie war sehr winzig, ihr Atem war nicht zu hören, man konnte kaum erkennen, ob es sie gab oder nicht.

Margalita hatte gedacht, es wäre nur Margo zu ihr gekommen, dabei waren sie zu zweit, Margo und ein kleines Mädchen. Margo wusste ganz genau, dass es ein Mädchen war. Sowieso war sie eine gute Wahrsagerin.

Der Vater ist ein Dummkopf, dachte Margo. Der sagte immer, wir verbringen die Zeit nutzlos. Na und, was konnten wir denn Nützlicheres machen?

»Du Arme«, flüsterte Margo, »wie lange hast du dich versteckt. Du dachtest bestimmt, die blöde Marguscha würde dich schnappen und töten. Du bist ein dummes Mädchen. Wir haben einen so einen langen Weg hinter uns, und du wirst einen ebenso langen Nachnamen bekommen! Einen fürstlichen.«

Armselige Margalita, früher sagte sie immer, die Sünden werden uns verfolgen, weil wir damals unsere Heimat verkauft haben, weswegen sollten die da unseren Namen tragen dürfen!

Leck mich am Arsch, Fürstin. Margo schaute zur schlafenden Margalita. Ich glaub nicht, dass ihr jemand besseren als meine Tochter kriegen könntet.

Im Prinzip war nicht mehr viel Zeit. Ein, zwei ... höchstens fünf Monate, mehr nicht. Margo legte die Hände auf den Bauch. Hauptsache, du langweilst dich nicht, später dann, wenn Margalita gestorben ist und du größer bist, verkaufe ich den Teppich, setz dich in einen Rucksack, nähe Opas Kreuze drauf und mache mich auf jeden Fall auf die Suche nach unserem Haus. Eine Stanzia Margarita zu finden kann ja nicht so schwer sein.

Die sinnlose Geschichte eines gescheiterten Selbstmordes

Ira glaubte, Gott sei goldfarben, singe und sei verrückt vor Liebe. Vor dem Harmonium kauernd zog sie das spitze Knie bis ans Ohr, und die ins aschfahle Haar eingeflochtenen Alpenveilchen fielen ihr auf die Tasten. »Herr, der du das Paradies geschaffen hast«, sang Ira, »gesegnet seiest du, gesegnet seiest du, zeig dich mir ...«

Heute ist die in Tartu geborene Violinistin Ira die Geliebte eines zwanzigjährigen Visagisten und bis zu den Ellenbogen mit Tattoos verziert. Sie ist völlig dem Suff verfallen, aber wenn sie anfängt zu singen, brauche ich bloß die Augen zu schließen und dann scheint mir, ein großer, weißer Vogel trällerte und jetzt, sieh, jetzt fliegt er hoch.

Warum sie mir an jenem Tag die Tür öffnete, werde ich nie erfahren. Später habe ich öfter mal nachgefragt, aber sie antwortete mir etwas, das sich nicht lohnt zu wiederholen. Jedenfalls machte sie mir auf und versuchte gleich, die Tür wieder zuzumachen. Gelang ihr aber nicht. Sie ist zwar viel größer als ich, aber ich legte mich trotzdem mit ihr an.

– Hat sich die Georgierin also vorbeigeschleppt, das orthodoxe Schäfchen. Hol dich der Teufel ... – und sie schlappte zum Bett zurück.

Ich, Mädel, eine Orthodoxe?!

Vom Äußeren her war Ira ja noch nie eine Augenweide gewesen, aber heute sah sie ganz besonders blendend aus: ungewaschenes Haar, herpesverseuchte Lippen und wunderschöne Karlsons an den Füßen, die sie irgendwo aus ihren Sachen hervorgeramscht hatte.

Dass ich sie im Bett antraf, verwunderte mich überhaupt nicht, auch ich hätte mich gern ein bisschen hingelegt. Es war Mistwetter, wurde nie hell, noch dazu kamen Stromausfall, Tod und andere Unerfreulichkeiten. Ich war nur zu Ira gegangen, weil ich später für ihre Analysen a la »Du hast mich nicht mehr lieb« und ähnliches keine Nerven hatte, freiwillig hätten mich sonst keine zehn Pferde in ihr Viertel in der letzten Ecke der Stadt gebracht; sogar ohne vorher anzurufen, sie hielt nichts von Telefonen. Apropos Telefon: Ihre Toilette hatte keinen Riegel, mal kam ihr gut erzogener Ehemann reingestürzt, mal störte ich Ira bei ihrer Auseinandersetzung mit Stendhals Fragestellungen.

Jetzt gab es aber weder Stendhal noch Iras »Sieben-Kräuter-Gurgelaufguss« – das fürchterlichste aller fürchterlichen Gebräue trank sie des öfteren und füllte zu allem Überfluss auch noch ihren Mann und die Kinder damit ab: „Das ist lecker!" Ja, ganz bestimmt. Igitt.

Jetzt aber las sie nichts, trank nichts und sagte nichts zu mir. Sie hatte sich zur Wand gedreht.

Ich wollte die Jacke ablegen, überlegte es mir aber anders. Es war kalt.

»Ira?«

Sie weinte. Was musste ich da mit ansehen. Nicht, dass ich Ira nicht schon einmal weinen gesehen hätte, nur weinte sie normalerweise ganz anders, vergoss die Tränen wie eine blöde Prinzessin aus dem Trickfilm. Diesmal weinte sie still vor sich hin, so zum Erbarmen, dass es mir fast das Herz brach.

»Heeeey ...«

Plötzlich kam mir in den Sinn, ihr Mann könnte sie geschlagen haben. Wie ich darauf kam, weiß ich nicht. Ira hatte so einen Mann, selbst wenn ich Gott ein ganzes Leben lang anflehen würde, hätte ich jemanden wie ihn nicht verdient. Der Vater meiner Freundin hat mal gesagt, Iras Vater, der Knasti, hat so einen Schwiegersohn und ich – nichts im Leben ...; aber in letzter Zeit waren wir alle vor Kälte und Elend von der Rolle, kann doch sein, der Mann war auch ein bisschen durchgedreht?

Ich kauerte mich neben das Bett und überzeugte mich vollends davon, dass es schlecht um sie stand. Es ging ein eigenartiger saurer Geruch von ihr aus, wie er oft in Zimmern alter kranker Leute herrscht. Ihren zerzausten Kopf hatte sie im Kissen vergraben, ihr Gesicht verborgen, die dumme Irotschka. Sie sagte irgendwas, ich konnte sie kaum verstehen. Sprich doch mal lauter, Ira!

»Der Teufel ist gekommen, Mädchen ...«

Was soll ich machen – ich musste grinsen. Die Arme, was auch immer sie anstellt, sie bringt mich immer zum Grinsen. Das machte sie oft wütend und ich lachte mich tot. Wahrscheinlich bin ich auch dumm.

Offenbar war Ira vor drei Tagen zu dem Schluss gekommen, dass sie alles satt hatte und einfach keinen Bock mehr. Was genau sie satt hatte, konnte sie nicht sagen, alles, wie's aussieht. Deshalb hatte sie beschlossen, sich umzubringen. Sie war schon immer ein kluges Köpfchen.

Die Idee, aus dem Fenster zu springen, verwarf sie gleich, ihr taten die Kinder leid, Mamis Kadaver würde sehr unschön anzuschauen sein – stimmt. Aufhängen kam auch nicht in Frage – auf einen Baum würde sie wohl kaum klettern, konnte sie auch gar nicht, sie kam ja nicht mal die Treppe rauf – stimmt auch. Zuhause wäre eine Idee, wobei sie es bis jetzt nie geschafft hatte, ein Bild aufzuhängen, geschweige denn sich selbst. Die Bilder standen entweder auf diversen Schränken herum oder lehnten an der Wand. Sich die Pulsadern aufzuschneiden, dafür braucht es Mut, aber Ira hatte entsetzliche Angst vor Schmerzen. Ich muss es wissen – bevor der Zahnarzt bei ihr Hand anlegen konnte, brach sie mir regelmäßig die Arme. Gift? Ja, mit Gift hatte sie schon bittere Erfahrungen gemacht – das hatte ich jedoch nicht gewusst: Angeblich hatte sie sich die Seele aus dem Leib gespieen, dann tat ihr der Kopf weh und geholfen hat es trotzdem nicht.

Nun, Irotschka hatte deshalb beschlossen, sich durch Hungern umzubringen, und ich armes Wesen durfte dem dritten Tag diesem heldenhaften Treiben beiwohnen.

Erst dachte ich, sie würde, wie immer, dummes Zeug faseln, aber sie hörte nicht auf und da begriff ich, dass es ernst war. Außerdem konnte ich sie durch nichts trösten, weil sie nicht log. Sie log überhaupt nie. Macht euch selbst ein Bild: Sie sagte, mein Mann liebt mich nicht mehr – logisch, denn wie kann man drei Tage lang nicht merken, dass die eigene Frau – egal, ob schlau oder dumm – sich gerade umbringt? Und die Kinder, ja, es ist der dritte Tag und Helene ist bei der Oma, klar, bei der eigenen Sippe ist es besser, selbst wenn ihr keiner den Tisch deckt und sie gleich aus dem Topf essen muss. Den Verlust der Mutter wird sie im Prinzip auch überstehen, vielleicht atmet sie ja sogar erleichtert auf. Außerdem ist sie schon groß und warum sollte Ira noch warten, bis sie anfängt herumzuhuren und bis sie heiratet? Stimmt's? Oder wird sie etwa ins Kloster gehen? Schön wär's!

Bis heute ist sie wütend und fragt, warum ich ihr damals nichts Gescheites zum Trost gesagt habe. Was hätte ich denn sagen sollen; »Beschaff dir einen Geliebten?« So ein Quatsch, meine Gute. Dein Mann ist immer noch besser als alle anderen, und der Rest läuft sowieso bei allen gleich ab.

Oder anders ... überleg mal! Vielleicht solltest du mal wieder verreisen? Ich komme mit, im Ernst. Was sonst.

Weiß auch nicht, wohin. Was, hat das nicht gefetzt? Weißt du noch, in Bitkha, als Abraham auf die Mridanga-Trommel wummerte, wie wir da tanzten. Und Glühwürmchen gab es. Übrigens mochte dich Abraham unheimlich, was hat dich zurückgehalten, er war doch so ein hübscher Junge. Nun, in die Sowjetunion können wir nicht mehr fahren und für etwas anderes haben wir kein Geld, aber wenn du willst, fahren wir trotzdem irgendwohin ...

»Ja, klar. Nach Grosny. Oder Gagra. Vielleicht erhängen sie dich, weil du georgisch aussiehst.«

»Na gut, dann fahr eben ohne mich.«

»Was fällt dir ein?«

Was weiß ich. Was soll ich denn machen.

Es war dunkel geworden. Hat man in dieser Familie schon mal was von Kerzen gehört? Ich stolperte über alles. Ira schenkte mir natürlich keine Beachtung. Umgekehrt, ich denke, es gefiel ihr sogar.

»Ach, leck mich doch. Ich wünschte, du hättest dir das Bein gebrochen.«

»Ira, ich geh ja schon, aber sei dir dessen bewusst, wenn du jetzt sterben würdest, kämst du in die Hölle.«

Da hatte ich was gesagt. Plötzlich hob sie den Kopf. Ich bekam Angst. Was ist los?

»Meinst du etwa, wenn ich ein langes und glückliches Leben gelebt habe, werde ich direkt ins Paradies kommen?«

Der Wind ließ die Klappen der Briefkästen scheppern und quietschen. Wer braucht denn schon Briefkästen und wozu. Ein Hund fing an zu kläffen. Ich würde lachen, wenn er mich anfallen und beißen würde. Idiotischer Hund.

Inhaltsverzeichnis

Der Herbst und der nette Mann 5

Tbilissi. November. Das Jahr 2004 13

Dort, im Norden 42

Dombrowsky 58

Warten auf die Barbaren 64

Es regnet 69

Fremder Mann 85

Gute Reise 91

Ivetta 93

Marinas Geburtstag 98

Nina 105

Paradiese – Kommunalwohnung 119

Welcher von den Madatows? 124

Richalskis Haus 130

Schutzengel und ähnliche Wesen 137

Berikaoba – Berika-Fest 141

Ein schöner Abend 151

Meine Freundin Marischa 155

In Liebe an den Liebsten 161

Ich, Margarita 166

Die sinnlose Geschichte
eines gescheiterten Selbstmordes 200

Erzählungen und Kurzgeschichten

Mariana Enriquez
Als wir mit den Toten sprachen
Aus dem argentinischen Spanisch von Simone Reinhard
ISBN 978-3-89930-394-0

Alle Geschichten spielen im Hier und Jetzt, verweisen auf die argentinische Realität: Die Helden leben in einfachen Verhältnissen, am Rande der Megalopolis. Dabei bilden diese realen Bezüge den idealen Nährboden für das Grauen, welches Mariana Enríquez schnörkellos beiläufig entfaltet: Wie die einfachen, alltäglichen Dinge ihre routinierte Selbstverständlichkeit verlieren, eine unheimliche Färbung erfahren, wie die Grenzen zwischen realem und surrealem Horror verschwimmen, bis der Alltag im Widerschein des Übersinnlichen böse erglänzt und das Harmlose einen teuflischen Touch erhält, ist das Besondere an Mariana Enriquez Erzählkunst.

Cornelia Manikowsky
Die Mutter im Sessel im Krieg
ISBN 978-3-89930-356-8

Ein Haus voller Geschichten. Zwischen den Möbeln und all den angesammelten Dingen ihrer Mutter wartet eine Frau auf den Entrümpelungsdienst und gerät in einen Strom von Erinnerungen. Immer schwieriger wird es, ihre eigenen Erfahrungen von den so oft gehörten Geschichten der Mutter zu unterscheiden. Und von dem Eigenleben, das diese Geschichten – und ihre Aussparungen – in ihr entwickeln. Cornelia Manikowskys Erzählung erkundet ein zugleich naheliegendes und tabuisiertes Terrain: das tägliche Leben der ›ganz normalen Deutschen‹ im Nationalsozialismus – ein Terrain, das mit seinen Zerstörungen viel weiter in die Gegenwart reicht, als uns bewusst ist.

Erzählungen und Kurzgeschichten

Zehra Çırak
Der Geruch von Glück
ISBN 978-3-89930-281-3

Kara verachtet feste harte Dinge, die sie nicht zwischen ihren Fingern zerkleinern und zerdrücken kann. Kaugummi, Kerzenwachs, selbst Brotkrumen, die sie anfeuchtet und weich in den Fingern rollt und reibt, machen ihr Freude. Am liebsten hat sie Salz- oder Sesamstangen, von denen sie nur kleine Stückchen abknabbert und zwischen ihren Vorderzähnen zerkaut und die sie dann wieder herausnimmt, und, feucht und weich, so lange zwischen ihren Fingern zerdrückt, bis sie kleine Kügelchen oder Würmchen daraus formen kann. Karas Freundschaft mit solchen Dingen ist sehr alt. Schon als Kind hatte sie mit dem Zupfen und Zwirbeln und Verknoten angefangen.

Tzveta Sofronieva
Diese Stadt kann auch weiß sein
ISBN 978-3-89930-329-2

Es ist leider so, dass in dieser Stadt die Leute kaum laut reden, auch wenn sie sehr aufgeregt sind, und dazu ist dieser Mann vermutlich Akademiker und die sprechen ohnehin selten laut. So kann meine Neugier, worum sich dieses Gespräch drehen könnte, hier mitten im Park, wo zu dieser Zeit mitten in der Woche nur Hundebesitzer mit ihren Lieblingen spazieren gehen und sich ab und an gesundheitsbewusste Rentner, die ihre Einkäufe bereits erledigt haben, treffen, in dieser Stadt, wo Leute so selten aufgeregt reden, besonders die gut ausgebildeten und die gepflegten, nicht befriedigt werden. Aber das ist eigentlich nicht wirklich enttäuschend, weil ich mich dem weißen Januartag widmen wollte und keine interessanten Leute zu sehen erwartete.

Roman

HORRIS
Die Menge macht das Gift
ISBN 978-3-89930-401-5

Paulo heißt gar nicht Paulo und arbeitet in einem Steuerbüro. Er ist verheiratet, hat eine Tochter und nicht nur zuhause am liebsten seine Ruhe und ein Leben nach Plan. Lilli nennt sich auch mal Sabrina, Anna oder Theresa und knallt in Paulos Ödnis wie der Korken aus der Sektflasche. Was als erregende Rollenspiele beginnt, stiftet immer mehr Verwirrung und wird zur Bedrohung. Getrieben von der Faszination des Neuen versucht Paulo, seine nicht gelebte Jugend nachzuholen und dabei irgendwie sich selbst und seiner Familie treu zu bleiben. Lilli ist ihm immer einen Schritt voraus, Paulo mehr mit seinen Gedankenwelten beschäftigt, als der Sache auf den Grund zu gehen und zu verhindern, dass hier weit mehr auf der Strecke bleibt als der Familienfrieden und ein paar Haustiere.

Gesamtprogramm
www.schiler.de